© 2024 Axel Becker-Zöllner
38110 Braunschweig
November 2024
Verlag: BoD · Books on Demand GmbH, In de Tarpen 42,
22848 Norderstedt
Druck: Libri Plureos GmbH, Friedensallee 273,
22763 Hamburg
ISBN: 978-3-7693-0891-4

Inhalt

Vorwort 7

Das Edikt von Nantes 9

Aufbruch 12

Vorbereitungen 38

Frühjahr 1686 44

Im Kloster 55

Der Tod des Färbers 62

Lisette 71

Genf 76

Genf ist keine Heimat 90

Louis 98

Sturm 105

Simone 114

Hochzeit 118

Schicksale 126

Die Ankunft in Salzburg 141

Elisabeth 147

Johann 150

Dunkle Wolken 155

Gumbinnen 161

Gottes Dilemma 166

Als sie die Männer fragten,
was sie an den Frauen fürchten:
dass sie uns auslachen.
Als sie die Frauen fragten,
was sie an den Männern fürchten:
dass sie uns töten.

* 5. September 1638 in Schloss Saint-Germain-en-Laye
† 1. September 1715 in Schloss Versailles

Ludwig XIV. ist uns allen als der Sonnenkönig und ein Vertreter des Gottesgnadentums bekannt.

Er gilt als der Erfinder des zentralisierten Staatswesens und hat aus seinem Leben ein öffentliches Spektakel gemacht. Gegen Eintritt konnte man ihn beim Frühstücken sehen.

Er war ein kluger Machtpolitiker und verstand es, die katholische Kirche als Instrument zu nutzen, an der Macht zu bleiben und sie sogar zu festigen.

Schätzungen gehen davon aus, dass sich bis zu 30 % der Franzosen von der römisch-katholischen Kirche abgewandt hatten. Der Übertritt eines bedeutenden Teils des Hochadels zu den Reformierten ließ rasch die konfessionelle Auseinandersetzung in eine machtpolitische umschlagen, die den Zusammenhalt des französischen Staates gefährdete.

Im Jahr 1685 machte der König der katholischen Kirche ein Angebot, indem er alle Andersgläubigen, deren religiöse Riten verbot.

Trotz wiederholten Verbots kam es zur größten Massenauswanderung im Europa der Frühen Neuzeit. Insbesondere die Reformierten, vorzugsweise Calvinisten vertrieb er. Sechs hunderttausend sollen es gewesen sein. Auch wenn er es verstand, den Staat zusammenzuhalten, war er ein verschwenderischer Diktator, ein Narzisst. L' État c'est moi – der Staat bin ich.

Vorwort

Der Mensch nimmt die Gegenwart typischerweise als einen kurzen Augenblick von etwa drei Sekunden wahr. Danach wird sie zur Vergangenheit, verschwindet unwiederbringlich und lässt sich höchstens bruchstückhaft rekonstruieren. Wenn mehrere Personen die Gegenwart teilen, ist es selten möglich, ein einheitliches Bild ihrer Erfahrungen zu schaffen. Was bleibt, sind nur Fragmente dessen, was tatsächlich geschehen ist. Wenn Historiker diese Fragmente dokumentieren, sprechen sie von "Quellen". Diese Quellen sollen ein solides Gesamtbild liefern, was Fachleute als "gesicherte Erkenntnisse" bezeichnen.

Geschichte ist somit immer eine Konstruktion des Menschen, der sich erinnert, erzählt oder schreibt. Diese Konstruktion bleibt unvollständig, weil sie nur auf den unvollständigen Überresten der Vergangenheit und den individuellen Wahrnehmungen der Zeitzeugen basiert.

Zusätzlich wird die Geschichte immer durch die Linse des Erzählers in seiner Sprache und durchmischt mit seinen eigenen Gefühlen und aktuellen Emotionen überliefert. Damit die Texte auch für die Leser der heutigen Zeit verständlich und ansprechend sind, muss der Autor die Vergangenheit in einer Art kontrolliertem Anachronismus aufarbeiten. Er muss es schaffen, die Vergangenheit in die Gegenwart zu holen oder den aktuellen Leser in die Vergangenheit zu versetzen, um ein Verständnis des Geschehenen zu ermöglichen.

Vergangenheit hat also nicht nur einen bewahrenden,

musealen Wert, sondern auch einen erklärenden und beschreibenden. Der Historiker erzählt eine Geschichte. Man sagt oft, dass die Geschichte von den Siegern geschrieben wird. Doch wo es Sieger gibt, gibt es auch Besiegte, und genau diese Perspektive aufzudecken, die Geschichte der Sieger zu analysieren, könnte eine lohnende Aufgabe für diejenigen sein, die sich für Geschichte interessieren. Andererseits müssen Historiker sich stets an den vorhandenen Quellen messen. Auch wenn es niemals eine endgültige und immer gültige Version der Geschichte geben kann, weisen die Ergebnisse historischer Forschung doch eine hohe Ähnlichkeit zur Wahrheit auf. In Romanen und Erzählungen schätzen wir manchmal gerade die Abweichungen davon.

Es ist faszinierend zu sehen, wie unsere Erinnerungen die Vergangenheit formen und wie jeder von uns seine eigene, einzigartige Sichtweise mitbringt. Der Weg, den Historiker gehen, ist zwar von Unvollkommenheiten geprägt, aber er ist ebenso voller Entdeckungen und Einsichten, die uns helfen, die Welt ein wenig besser zu verstehen. Geschichtsschreibung ist eine lebendige, atmende Kunst der Interpretation – voller Überraschungen, voller Menschlichkeit.

Das Edikt von Nantes

Heinrich IV. hatte den Untertanen seines Reiches im Jahr 1598 Glaubensfreiheit gewährt. Er hatte sie gewährt, jedoch keinesfalls ein für alle Male geregelt. Was ein König gewährt, kann er ebenso wegnehmen. So geschah es dann im Jahr 1685. Sein direkter Nachfolger Ludwig der Gerechte begann damit. Frankreich beteiligte sich dreißig Jahre lang am Glaubenskrieg. Im Anschluss daran sorgte Ludwig der Sonnenkönig für deren Abschaffung. Wenn es auch befremdlich klingt, dass man den Bewohnern eines Landes vorschreiben kann, woran sie zu glauben haben, so geschieht es dennoch. Besonders betroffen waren die Hugenotten, Menschen calvinistischen Glaubens.

Nach Luther konnte der sündige Mensch auf eine Vergebung seiner Sünden hoffen, wenn er an Gott, seine verzeihende Gnade und die in der Bibel niedergelegten göttlichen Lehren glaubte, um danach sein Leben auszurichten. Nach Calvin konnte es keine Sündenvergebung geben, sondern es war schon vor der Geburt eines Menschen, eigentlich beim Anbeginn der Zeiten festgelegt, ob er in den Himmel oder die Hölle kam. An äußeren Zeichen konnte man bereits erkennen, ob jemand Erfolg oder Misserfolg im Leben hatte. Erfolg bedeutete den Himmel, Misserfolg die Hölle, wie im diesseitigen, so auch im jenseitigen Leben. Ein erfolgreiches Leben zeigte sich durch Reichtum, Kindersegen und einen unbeschwerten Umgang.

Aber diese Unterscheidung der Ausrichtung war dem König im Grunde vollkommen gleichgültig. Er musste es nur klug formulieren und sein Volk auf neue Zeiten einstellen.

In der Sicht von Ludwig XIV. war es aus einem anderen Grunde viel bedeutsamer, eine Richtungsänderung vorzunehmen.
Frankreich war noch ein fragiler Staat. Vor einiger Zeit bestand unter den Franzosen Einigkeit, dass sich das Land in zwei Glaubensrichtungen aufteilen ließe. Die eine Hälfte sollte vorherrschend durch die Katholiken bestimmt werden, die andere Hälfte durch die Reformierten und diese wiederum waren überwiegend Calvinisten. Paul Marazzis verhandelte schon einhundert Jahre vorher in des Königs Auftrag, welche Städte in welchem Auftrag regiert werden sollten.
Aber Ludwig wollte, dass mit der Zweiteilung Schluss sei, und Frankreich ein Gottesstaat mit einer einigenden Religion wird. Daneben sollte auch eine Teilung in zwei Sprachen, der Langue d'oc im Süden und der Langue d'oïl beseitigt werden. Das Volk sollte nur noch Französisch sprechen. Für den einfachen Bauern war eben diese eine Kunstsprache, die nur in Paris gesprochen wurde und die in der Tat um viele Worte erweitert werden musste, damit sie als Verkehrssprache tauglich war. Dekrete, die vom König verfasst, dann in die Lande geschickt wurden, waren bisher in Kirchenlatein verfasst, damit sie am Ziel umgesetzt werden konnten.
Mit eiserner Faust griff er nun durch.
Mit dem Edikt von Nantes hatte 1598 sein Großvater, König Heinrich IV., den französischen Protestanten Religionsfreiheit zugesichert und die mehr als dreißigjährigen Hugenottenkriege nach der Bartholomäusnacht beendet.
Jetzt sollte es also den Katholizismus als Staatsreligion geben.
Er verbot den evangelischen Gottesdienst, zwang die Pastoren dazu zu konvertieren und wies diejenigen aus dem Land, die

seinen Weisungen nicht binnen vierzehn Tagen Folge leisteten. Am 18. Oktober 1685 trat das neue Gesetz in Kraft und etwa sechshunderttausend Reformierte, seit einigen Generationen Nachfolger Calvins, packten ihr Hab und Gut zusammen und verließen das Land in langen Trecks. Die meisten zu Fuß, etliche mit Pferd und Wagen. Alte, Junge, Kinder, Großmütter und -väter zogen in eine ungewisse Zukunft; größtenteils ließen sie ihr Hab und Gut zurück, als es so weit war.

Den Protestanten wurde zugestanden, in Frankreich zu bleiben, wenn sie darauf verzichteten, sich zu versammeln, um ihre Religion auszuüben. Allerdings verloren sie ihre bürgerlichen Rechte, konnten etwa keine Ehen mehr eingehen und kein Eigentum erwerben. Wer mochte da noch bleiben?

Aufbruch

An einem schönen Herbsttag des Jahres 1685 kam Johann mit seinem Freund Henrie von einem erfrischenden Bad aus dem Flüsschen Jabron auf der kleinen staubigen Dorfstraße gemächlich entlang getrottet. Eine beachtliche Hitze flimmerte auch zu dieser Jahreszeit noch über dem Ort Le Poët-Laval. Im Sommer war es immer drückend heiß, jetzt war es schon etwas angenehmer. Die Eltern gestatteten Johann deswegen auch problemlos einen kurzen Aufenthalt am Fluss. Immer war auch sein Freund Henrie dabei. Beide waren fünfzehn Jahre alt und hatten mit dem 11. Juli am gleichen Tag Geburtstag.
Johann war ein großer Kerl mit langen Gliedmaßen, welche ungelenk um ihn herumschweiften, wie die dünnen Äste einer Trauerweide im Sturm. Er hatte dunkelbraune Haare, die leicht gelockt seine Stirn umspielten. Der Jahreszeit angemessen trug er eine Kniebundhose aus Leinen und ein hellbeiges Leinenhemd mit Puffärmeln. An der Vorderseite wurde es im oberen Bereich durch eine, mehrfach durch den Stoff gezogene, dunkle Kordel zusammengezogen.
Ebenso gekleidet war sein Freund Henrie, jedoch von kräftiger Statur, hatte blonde Haare und überragte die meisten seiner Altersgenossen.
Natürlich waren sie barfuß, Schuhe und eigen gewebten Strümpfe trugen sie nur zum sonntäglichen Gottesdienst. Seit der König Ludwig XIV. vor einigen Wochen die Glaubensfreiheit abgeschafft hatte, war ein Gottesdienst eigentlich verboten und konnte nur heimlich abgehalten werden. So trafen Sie sich

wechselnd in den Wohnstuben oder bei größeren Veranstaltungen, wie etwa einem Trauungsgottesdienst im Steinbruch oder auf freiem Feld.

Die beiden Freunde und natürlich auch ihre Eltern waren im katholischen Frankreich zunächst Protestanten, dann calvinistischen Glaubens.

Wer bei der Ausübung der kirchlichen Zeremonien erwischt wurde, musste mit drakonischen Strafen rechnen. Besonders gerne waren die Protestanten in einigen Gegenden schon lange nicht gesehen. Bis zu einem gewissen Grad hatten sich alle daran gewöhnt, aber jetzt wurde es gefährlich.

Sie wurden Hugenotten genannt und mehr oder minder aktiv verfolgt, sodass von den Eltern davon gesprochen wurde, das Land zu verlassen; weil sie mussten. Aus freien Stücken würde niemand weggehen wollen.

Aber wohin sollten Sie gehen?

Von Genf war die Rede. Das war nicht so weit, aber ein ungewisser Neuanfang allemal.

Das Dorf zog sich entlang des Flusses eine beachtliche Strecke dahin. Umgeben war es von weitläufigen Olivenhainen, in denen bald die Ernte beginnen sollte. Die Häuser waren aus den Steinen gefertigt, die in der näheren Umgebung zu finden waren. Diese sind zum größten Teil unbehauen. Johann fragte sich hin und wieder, wie es den Baumeistern gelungen war aus nicht kantigen Steinen unterschiedlicher Größe ein solides Haus mit Türen und Fenstern zu bauen. Alle Häuser im Ort waren mit roten Dachschindeln gedeckt. Sie lagen nicht direkt an der Straße, sondern von ihr ein Stück zurück, man hatte daher keinen beengten, eher einen großzügigen Eindruck.

Es gab am unteren sowie am oberen Ende des Dorfes je eine Wasserpumpe, an denen sich die Dorfbewohner frisches Trinkwasser in Holzeimer füllten. Die eine Stelle mit einer Pumpe wurde etwas übertrieben „Marktplatz", die andere angemessener „Dorfplatz" genannt.

„Lass uns zur Pumpe gehen, ein Schluck frischen Wassers bei der Hitze kann nicht schaden", sagte Johann und wischte sich mit der Außenseite des Zeigefingers den Schweiß von der Stirn. Als sie auf den Dorfplatz kamen, waren die beiden Töchter des Bürgermeisters, Lisette und Fabienne gerade dabei, zwei Holzeimer mit dem frischen, klaren Wasser zu füllen. Lisette hielt den Eimer, Fabienne pumpte aus Leibeskräften.

Der Bürgermeister Isaac Lacroix führte mit seiner Frau Jasmine die Bäckerei im Ort. Auf dem Hof roch es immer gut nach frisch gebackenem Brot. Im Augenblick war der Meister unterwegs, um mit seinem Esel Nachschub an Holz für den großen Backofen zu besorgen.

Lisette war dem Handschuhmacher Abraham Lamien versprochen. Sie war neunzehn Jahre alt, Fabienne war fünfzehn, wie die beiden Freunde.

Henrie begann zu laufen, um die beiden Schwestern noch ansprechen zu können. Fabienne mochte er besonders. Seinem Freund hatte er seine Liebe zu ihr schon bekundet.

„Los", rief er zu Johann.

Schnell waren die zwei bei der Pumpe.

„Komm, ich helfe dir", sagte Henrie und übernahm den Pumpenschwengel.

Ende des Sommers war es schwieriger, das Wasser hochzupumpen. Der Grundwasserstand sank im Laufe des

Jahresrhythmus und stieg erst im Winter wieder an.
Fabienne sah ihn dankbar an
„Danke, das ist nett von dir".
„Johann, du hast im Gottesdienst am letzten Sonntag mit deiner schönen Stimme wunderbar mitgesungen", meinte Lisette und wechselte den Eimer unter dem Pumpenauslauf.
„Vielen Dank", ich singe gerne unsere Lieder.
Es gab in der Gemeinde einige Ausgaben des Psalter als Gesangbuch im kleinen Druck für Hugenotten. Gedruckt in Genf, da in Frankreich der Bibeldruck strikt verboten war.
Der in Reimen gefasste Psalter wurde von Clément Marot und Théodore de Bèze verfasst. Dieser diente seit 1562 als Gesangbuch. Nur der Psalter als gesungenes Gotteswort war im Gottesdienst zugelassen, da die Hugenotten sonstige Kirchenlieder ablehnten. Es wurde immer der ganze Psalter gesungen, nichts durfte verändert oder weggelassen werden. Johann kannte einige auswendig. Am schönsten fand er es, wenn sie von der Laute begleitet wurden. Die Schwestern spielten sie beide. Oftmals auch zweistimmig. Wegen des verführerischen Klangs war das jedoch von Pastor Glanz nicht gerne gesehen.
„Ich trage euch die Eimer heim", bot Henrie Lisette und Fabien an.
„Das ist nett von dir, aber nicht nötig".
„Wir tragen sie gemeinsam", bot Johann an. Und so trugen Lisette und Johann, Fabienne und Henrie jeweils einen Eimer am Henkel zu zweit.
Es war nicht weit zum Haus des Bürgermeisters.
Es steht am Rande des Ortes, in der Mulde des Tales, entlang des Flusses, und hat eine herrliche Aussicht auf die bewaldeten

Berge.

Henrie begann einen leichten Trab und zog Fabienne scherzhaft mit sich, sodass sie auch in einen leichten Laufschritt verfiel. Dabei begann das Wasser überzuschwappen und benetzte die Füße und den Saum des Kleides.

„Nicht so schnell, es läuft ja alles über", rief Fabienne munter, aber Henrie provozierte sie noch mehr und so kicherte und lachte sie ausgelassen, als sie vor dem Haus des Bürgermeisters ankamen. Der Eimer war inzwischen nur noch zur Hälfte gefüllt, als beide ihn auf der untersten Treppenstufe des Hauseinganges unsanft abstellten. Sie setzten sich auf die Bank neben der Tür, als Lisette mit Johann um die Ecke bogen, den Eimer behutsam tragend.

Lisette sah Fabienne vorwurfsvoll an, als sie sah, dass der Eimer gehörig Wasser verloren hatte.

Fabienne bemerkte den Blick und rief trotzig:

„Nun gut, dann besorgen wir eben einen neuen vollen Eimer".

Sagte es, ergriff den Eimer, schüttete das Wasser in den kleinen Gänsetrog, reichte Henrie ihre Hand und beide liefen los zur Pumpe, noch ehe Lisette sie warnen konnte, dass die Mutter dieses Benehmen sicherlich ganz und gar unschicklich finden würde.

„Lass sie doch, ich glaube, Henrie mag deine Schwester.

Vielleicht werden sie noch vor dir heiraten", scherzte Johann und Lisette errötete.

Es war als Scherz gemeint, jedoch konnte er nicht ahnen, dass Lisette noch gar nicht mit sich und Abraham im Reinen war, ob und wann sie ihn heiraten will.

Gewiss, Abraham kommt aus einer guten Familie, ist nett,

gebildet, hat einen einträglichen Beruf als Handschuhmacher und er sieht gut aus. Reicht das? Das dachte sie sich in manchen Nächten, wenn sie noch nicht einschlafen konnte.
‚Und die Ehe, was kommt da auf mich zu?' fragte sie sich immer öfter. Ein wenig Angst hatte sie schon. Gewiss, es war in ihrer Glaubensgemeinschaft vieles geregelt, was sich in der Zweisamkeit so abspielen sollte. Jedoch wurde offen nicht darüber gesprochen und so blieb ihr vieles unklar und geheimnisumwittert.
Deutlicher wurde Pastor Glanz allemal, wenn es um ein Unterordnen oder Gehorsamkeit geht.
„Der Mann soll so herrschen, dass er das Haupt der Frau, nicht aber ihr Tyrann ist; die Frau soll sich dagegen bescheiden und gehorsam unterordnen." Ja, das war so, das wusste sie auch, aber wollte sie das ebenfalls, musste das wirklich für immer so sein?
Auch mit ihren Eltern hatte sie darum einen Streit. Natürlich war ihre Mutter diejenige, die sich unterordnete. Das musste sie so vertreten, wollte sie nicht ihr eigenes Leben infrage stellen. Und natürlich war auch ihr Vater der Meinung, dass eben solches Gottes Wille ist. Es gehe ihm keineswegs um Macht und Beherrschen, sondern es sei eben eine Aufgabe, die jedem Manne von Gott gegeben sei.
Die Gespräche drehten sich immer im Kreis. Letztlich war es Gottes Wille.
Johann wusste von derlei Gedankenqualen von Lisette nichts.
Schließlich erschienen Henrie und Fabienne wieder; diesmal mit einem gut gefüllten Eimer. Lachend und fröhlich und irgendwie bemerkte Lisette einen Stich in ihrem Herzen.

„Ich werde nun nach Hause gehen", verabschiedete sich Johann und forderte damit, gleichzeitig von Henrie ihn zu begleiten. Dieser dachte nicht weiter nach, winkte fröhlich mit beiden Händen hoch über dem Kopf, wobei er gleichzeitig ein wenig in die Luft sprang. Dann drehte er sich flugs um und folgte Johann.
„Warte, ich komme", und schon waren beide um die Torecke verschwunden.
„Du magst Fabienne?", fragte Johann.
„Ich werde sie heiraten", antwortete Henrie, als wäre alles bereits abgemacht.
Johann prustete los.
„Das geht nicht, du bist noch lange keine fünfundzwanzig Jahre alt. Außerdem dürfen wir Hugenotten hier in Frankreich nicht mehr heiraten"
„Du hast recht, heiraten dürfen wir hier nicht".
Johann blieb abrupt stehen.
„Willst du dich versündigen?", rief er aufs höchste empört.
Ohne dass Henrie genau wusste, was sein Freund damit meinte, oder an was er gerade dachte oder sich gar vorstellte, antwortete er:
„Natürlich nicht, ich werde mit ihr nach Genf gehen und dann in der Schweiz ein neues Leben anfangen. Es ist immerhin die langjährige Heimat von Johannes Calvin. Viele Hugenotten leben dort. Sie bilden die größte Glaubensgemeinschaft in der Stadt. Wir müssen uns dort nicht verstecken. Hier in Le Poët-Laval sind wir zwar auch unter uns, jedoch müssen wir uns nun dauernd vor dem König verbergen. Wir riskieren Festungshaft oder die Galeere."

„Wissen deine Eltern davon?"
„Sie denken so wie ich. Früher oder später werden wir gehen."
Johann wusste, dass nach der Aufhebung der Glaubensfreiheit viele Familien ins Ausland flüchten würden.
Ludwig stellte sie vor keine echte Wahl: Entweder zum Katholizismus wechseln, also rekatholisiert werden oder rechtlos im Land bleiben. Ohne die Ausübung der Rituale, die zum Glauben gehörten, und dass sie obendrein bei Strafe verboten waren fanden er selbst und viele andere, die er kannte, unerträglich. Oder auswandern, ein halbes Jahr etwa ließ der König ihnen Zeit. Nur wohin sollte man gehen? Das Los der Minderheit in der Fremde wollten sie nicht riskieren. Wenngleich sie innerhalb ihrer Gemeinschaft immer den nötigen Rückhalt finden würden, könnten sie doch von außen angegriffen werden. In diesem Zusammenhang dachte Johann immer an die Juden, die allzu oft als Minderheit drangsaliert wurden. Pastor Glanz hatte sie häufig in seinen Predigten erwähnt. Weil die Juden das Heil in Jesus Christus zurückgewiesen haben, seien sie mit Blindheit und Verderben geschlagen. So könnten sie aus der Perspektive des Christusbekenntnisses nur als Abtrünnige wahrgenommen werden. Nur wenige Anhänger der Reformation nahmen eine konsequent judenfreundliche Haltung ein. Öfter sprach man von den Juden als von Aufschneidern, Lügnern und Verfälschern der Schrift und nannte sie habgierig.
Auch die beiden Freunde waren in ihren alltäglichen Verrichtungen ständig mit der Auseinandersetzung ihres kirchlichen Glaubens beschäftigt. Sie lebten nach strengen moralischen Grundsätzen, teilten ihren Tagesablauf genau ein, schliefen möglichst nicht länger als sechs Stunden, arbeiteten

unermüdlich und rationalisierten Arbeitsprozesse. Sie schafften Wohlstand. Aber nicht, um besser leben zu können, sondern als Selbstzweck, als Voraussetzung für weitere Arbeit. Ebenso große Bedeutung wie die Arbeitsamkeit hatte in ihrer Gedankenwelt die Askese. Sie fordert, auf den Genuss des erarbeiteten Wohlstands zu verzichten. Sparsamkeit und Genügsamkeit statt Wohlleben und Vergnügen. Wenn sie sich auch manches Mal vergnüglich trafen, hatte das auch meistens einen ernsteren Zweck. All dies ruhte nun und war in näherer Zukunft nicht mehr möglich. Daher rührte in jedem der Gedanke an Flucht.

Es gab keine Kirche mehr in Le Poët-Laval, der Schulbesuch war nicht möglich. Die Kinder wurden zum Teil im kleinen Rathaus oder bei den Familien zu Hause unterrichtet. Keine Taufe, keine Hochzeit, sogar Totengedenken sollte es nicht mehr geben. In allen Bereichen waren sie als Hugenotten eigentlich rechtlos. Selbst auswandern war schwierig und man erzählte sich, dass es demnächst verboten werden würde. Dann bliebe nur noch die Flucht.

Am Haus von Johanns Familie trennten sich die Freunde.

„Am Sonntag findet der Gottesdienst bei uns statt", sagte Johann.

„Dann sehen wir uns".

Er trabte los und lief den kurzen Weg zu seinem Elternhaus.

Er wollte seinen Eltern bis zum Abendessen noch bei der täglichen Arbeit behilflich sein. Sein Vater Pasqual Voutta war Schuhmacher und Strumpfwirker und brachte den ganzen Tag damit zu, Strümpfe an einem großen, eigens dafür konstruierten Webstuhl zu weben.

Damit ließ sich gutes Geld verdienen. Strümpfe waren teuer und nur Reiche konnten sich so etwas leisten. Die einfachen Leute gingen barfüßig, hatten Holzpantinen oder trugen in Lederstiefeln Fußlappen. Das waren einfache, quadratische Leinentücher, die um die Füße gewickelt wurden. Dafür stellte man den Fuß in die Mitte des Tuches, klappte die vordere Spitze über den Rist, fixierte sie, indem man die beiden anderen Spitzen darüber schlug, hielt nun die hintere Spitze fest und schlüpfte in den Schuh.

Strümpfe waren dagegen ein modisches Kleidungsstück. Ludwig XIV. hatte eine eigene Mode kreiert. Sie war aufwendig, die Kleidung bestand aus vielen Teilen und am Hofe waren alle in diesem Stiele gekleidet. Die Garderobe war teuer und ein kleiner Marquis oder Comte musste empfindlich tief in seine Tasche greifen.

Nahezu alle Adeligen lebten am Hofe in Versailles und waren der Hofetikette unterworfen. Hier ging es nicht ohne Strümpfe. Sie bekleideten das Bein bis zur Wade abwärts einer meist seidigen Kniebundhose. Meistens waren sie weiß. Mit schmutzigen Strümpfen konnte man dem König nicht gegenübertreten und so war der Bedarf groß. Ein Strumpfwirker konnte an seinem Webstuhl vierzehn Strümpfe am Tag herstellen. Vorwiegend waren es Ehefrauen, die sie noch zusammennähen mussten. An sechs Tagen entstanden so etwa vierzig Paar. Die Strumpfwirker standen nicht in Konkurrenz. Hugenotten bildeten eine Solidargemeinschaft. Das war wichtig, denn sie waren die einzigen, die Strümpfe webten und ebenso die einzigen, die wussten, wie ein Webstuhl gebaut war. Er bestand aus dreitausendfünfhundert Teilen. Unmöglich, so einfach nachzubauen.

In Le Poët-Laval waren sie allerdings die letzten, die noch Strümpfe herstellten.

Wenn der Vater vierhundert Paar fertig und die Mutter alle zusammengenäht hatte, fuhr er mit der Ladung auf einem Eselskarren nach Orange und verkaufte sie an einen Händler, der viermal im Jahr dort logierte. Zwei Tage dauerte die Reise in die Stadt. Einige Male hatte Johann den Vater begleitet. Es war eine schöne Abwechslung, auch weil Pasqual und Johann dort viele Glaubensbrüder besuchen konnten.

Auch hier war der Wunsch Frankreich zu verlassen immer öfter zu hören.

In der Stadt war die Drangsalierung schon seit einiger Zeit spürbar, mehr als auf dem Land. Bei vielen Hugenottenfamilien gab es in ihren Wohnungen Einquartierungen von Soldaten, die bei freier Logis mit durchgefüttert werden mussten. Sie bekamen die besten Zimmer, pferchten die Familie in einem Raum zusammen, in dem sie fortan leben sollten und benahmen sich fordernd und unverschämt. Auf diese Art sollten die Reformierten gezwungen werden zu konvertieren, oder das Land zu verlassen.

Das alles schon, als es noch Glaubensfreiheit gab. Derartige Gemeinheiten entwickelten sich nicht von heute auf morgen.

Bei der letzten Lieferung war der Vater mit Johanns Mutter Agnes nach Orange gefahren. Auf dem Rückweg standen sie ganz und gar unter dem Eindruck der harten Lebensumstände ihrer Glaubensbrüder und klangen ziemlich verzweifelt, als sie wiederkamen.

„Wir können hier in Frankreich nicht bleiben. Wir haben keine Rechte und unsere Kinder werden in Armut und Verzweiflung

leben müssen." Trauer war in Agnes Stimme zu hören.
„Aber wir müssen alles zurücklassen. Unser Haus, die Werkstatt, unsere Freunde und die Geschäftsbeziehungen." Pasqual hatte natürlich auch schon darüber nachgedacht, aber über seinen Kummer war er nicht hinweggekommen. Er hatte aufgehört, darüber nachzudenken. Seine Frau jedoch kam immer wieder darauf.
„Sicherlich werden wir einiges zurücklassen müssen. Das Haus können wir sicherlich nicht mitnehmen", ergänzte sie ironisch.
„Hmm", brummte Pasqual.
„Aber wir können uns mit unseren Freunden absprechen. Die Detmans wollen auch aus Frankreich fliehen, ehe sie ausgewiesen werden. Seit dem Tode seiner Frau hält Pierre mit seinem Sohn Henrie hier ohnehin nicht mehr viel zurück."
„Du hast recht", brummte Pasqual, „wir könnten sogar versuchen, den Webstuhl in seine Teile zu zerlegen und ihn dann an anderer Stelle wieder aufbauen".
„Dann darf aber kein Teil verloren gehen", stimmte Johann ein, der, als er nach Hause kam, durch die offene Stubentür letzte Gesprächsfetzen mitgehört hatte.
„Ich habe gerade mit Henrie gesprochen, er und sein Vater sind völlig deprimiert und ich glaube, sie würden lieber heute als gestern ihre Sachen zusammenpacken."
„Es heißt: lieber gestern als heute", brummten beide Eltern im Chor.
Agnes sah die Flucht klarer und sagte nun wieder etwas ernster:
„Wir werden nicht viel mitnehmen können. Der Webstuhl ist viel zu groß. Vielleicht könnt ihr beiden eine Zeichnung machen

und so werden wir ihn an anderer Stelle wieder aufbauen. Einige wichtige, schwer herzustellende Details nehmen wir mit, die Spulenführung zum Beispiel oder das Rösschen. Dann funktioniert er nicht mehr und die nächsten, die sicherlich kommen werden, können dann keine Strümpfe wirken und uns aus der Ferne noch Konkurrenz machen."

Johann beugte sich vor und war schon ganz bei der Planung dabei.

„Wir können mit Henrie und seinem Vater ein gemeinsames Geschäft eröffnen. Henries Vater macht die besten Handschuhe. Er stellt sogar Handschuhe aus Fischleder her. Man möchte glauben, das ist unmöglich, aber Pierre kann es."

„Und als der alte Schwiegervater noch lebte, hat er die schönsten Hüte gemacht. Einiges hat er seiner Tochter vermacht. Pierre hat bestimmt vieles behalten und kann so auch vielleicht einfache Hüte herstellen."

Jetzt war auch Pasqual entflammt.

„Am Sonntag treffen wir uns nach dem Gottesdienst zum Blaufärben in der Färberhütte von Marcel, vielleicht können wir dabei einige Pläne schmieden"

„Ob das der richtige Termin ist?", murmelte Agnes und wiegte den Kopf einige Male hin und her.

Das „Blaufärben" war eigentlich eine lustige und spaßige Zusammenkunft.

Marcel Legrand stellte zunächst Leinen und Feinleinen, schließlich Flanell her. Am besten ließ sich der jeweilige Stoff in Blau verkaufen. Es war nun einmal die Farbe der Franzosen, glaubte er. An einem festgesetzten Sonntag rückten die

Familien an, denn neben Pflanzen wie Blauholz und Indigo brauchte es auch Urin zum Färben. Wenn vorher Alkohol getrunken wurde, nahm der Stoff die Farbe besser an, behaupteten sie. Es gehörte nicht viel Fantasie dazu, sich vorzustellen, dass einige zwar gute Urin – Lieferanten sein würden, aber nach dem Genuss von so viel Alkohol schon ziemlich „blau" waren, um das nicht gleich auszuplaudern, was besprochen wurde. Noch galt die Rede „Schweigen ist Gold", sonst würde die Obrigkeit misstrauisch werden und sich neue Schikanen ausdenken, womöglich die Flüchtlinge ausrauben und betrügen. Deshalb war Agnes besorgt, als sie sich am Sonntag nach dem Gebet bei Marcel trafen.

Pastor Glanz war in seiner Predigt wieder einmal ganz von der sich verändernden Gesellschaft beeindruckt, trotzdem stets bemüht, Wogen zu glätten. Er war eine ausgleichende Natur. Böse Zungen behaupteten, er sei harmoniesüchtig. Immer um Ausgleich bemüht, ging er sogar so weit, seine Hoffnung auf ein gütliches Arrangement mit dem König zu setzen. Er glaubte noch, alles würde sich wieder richten, obwohl es in den letzten Monaten stetig bedrohlicher geworden war. Er versuchte es immer wieder, die Menschen an die göttlichen Gebote zu erinnern und erhoffte sich mithilfe seiner Schäfchen einen Rücksturz zum Edikt von Nantes.

Diesen Sonntag hatte er das Verhältnis zwischen Mann und Frau zum Thema. Neben der täglichen Rangelei der beiden Geschlechter, wollte er auch etwas zur geistigen Erbauung beitragen und verzettelte sich in philosophisch – theologischen Betrachtungen.

Schwierig sei die Frage, so Pastor Glanz in seiner Predigt,

warum Paulus zwischen Christus und das Weib noch der Mann eingeschoben würde, sodass das Weib gar nicht Christum unmittelbar als Haupt zu haben scheine.

„Lehrt doch derselbe Apostel an einer anderen Stelle, dass in Christo der Unterschied zwischen Mann und Weib seine Bedeutung verloren habe. Warum richtet er hier einen Unterschied auf, den er dort leugnet?"

Der Pastor blickte in die Runde und fuhr fort:

„Ich antworte: Jede Stelle muss man aus ihrem Zusammenhange verstehen. Handelt es sich um Christi geistliches Reich, so schwindet jeder Unterschied zwischen Mann und Weib: hier gilt kein Ansehen der Person; denn dieses ewige Reich Christi ist ganz und gar geistlich und hat mit der irdischen sozialen Ordnung nichts zu schaffen. Es liegt nichts ferner, als die bürgerliche Ordnung umstoßen oder die in diesem Leben unentbehrlichen Abstufungen der sozialen Stellung aufheben zu wollen."

Ob diese klaren Worte ausreichen würden, den König zu besänftigen, zweifelten Pasqual und Agnes, hatten sie doch in Orange einen ganz anderen Menschenschlag beobachten können. Sie hatten bei der Drangsalierung der Glaubensbrüder Menschen am Werke gesehen, die mit allergrößten Anstrengungen dem Verständnis der Worte von Pastor Glanz hinterherlaufen müssten. Freiheit schien auch eine Frage des Intellektes zu sein.

Beim anschließenden Färben bei Marcel Legrand war die Predigt von Pastor Glanz nicht das einzige Thema.

Blaufärben war die Königsdisziplin dieses Handwerks. Es war

teuer und kostete viel Zeit. Selbst wenn ein wichtiger Kunde drängte, die Chance, etwas von heute auf Morgen blau einzufärben, standen schlecht. Andere Farben konnten die Menschen schneller herstellen, aus Pflanzenteilen und Kräutern. Nur das ging jedoch nicht bei jeder Farbe. Blau war eine besondere Herausforderung. Die Farbe musste aufwendig aus dem Färberwaid gewonnen werden. Zuerst wird der Waid fein geschnitten und in ein warmes Bad gegeben. Hier muss er gären, lange gären. In der Zeit hatten die Blaufärber oft frei und machten deshalb sprichwörtlich blau. Die gewonnenen Farbpigmente werden in ein Beizmittel gegeben, das den Stoff aufnahmefähig für die Farbe macht. Hierfür benötigte der Färber Ammoniak und der war am einfachsten durch Urin zu beschaffen. Urin war lange für Gerber und Färber ein ganz wichtiges Grundmaterial, welches gesammelt wurde und wichtig war für ihre Färbeprozesse. Daher die heutige Zusammenkunft.

Lässt man den Stoff dann trocknen, sieht man ihm zunächst nicht an, ob das mit dem Blau geklappt hat oder nicht. Das dauert eine Weile. Wenn der Stoff in der Luft trocknet, dann kann der Färber das blaue Wunder erleben. Erst nach längerem Kontakt mit dem Sauerstoff in der Luft würde nämlich das begehrte tiefe Blau entstehen.

Zunächst jedoch ereiferten Henrie und Johann sich noch über das Heiratsverbot, Fabienne nahm Blickkontakt zu Henrie auf, Lisette war bemüht den Blicken von ihrem erwählten Bräutigam Abraham Lamien auszuweichen, Pasqual und Agnes berichteten den Nachbarn, die es noch nicht gehört hatten, von den neueren Entwicklungen in Orange und Pierre Detman sprach leiser als die anderen mit dem Bürgermeister Isaac

Lacroix. Dieser hatte wiederum seine beiden Töchter fest im Blick. Seine Frau Jasmine mixte mit dem Weber und Färber Marcel eine Farbrezeptur zusammen.

Die Stimmung war gedrückt.

„Bürgermeister, wir haben keine andere Wahl, wir müssen weg von hier. Hier werden wir nicht überleben können. Besser geht es uns in manchen deutschen Landen. Der Landgraf von Hessen-Homburg hat ein Edikt erlassen, welches die Ansiedlung unserer Glaubensbrüder fördert."

„Aber endlos viele von uns wird er nicht aufnehmen", antwortete Isaac Lacroix.

„Sicher nicht, wir müssten einen Boten senden, der es herausfindet".

„Wir sollten mehr als das tun, wir müssen uns darauf verlassen können. Was machen wir, wenn wir zum Beispiel dort ankommen und dann ist doch wieder alles anders?"

„Zuerst einmal müssen wir herausbekommen, wer alles von uns mit dabei sein will" meinte Pierre

„Wir könnten jeden Einzelnen fragen, Isaac, du und ich sollten in den nächsten Tagen zusehen, dass wir es herausbekommen."

„Aber achte darauf, dass niemand unsere Pläne ausposaunt. Du weißt, dass kann gefährlich sein. Wir sind zwar nur ein kleiner Ort, aber man kann in die einzelnen Menschen nicht hineinschauen".

Nachdem am Sonntag Abraham Lamienne nicht derart zum Ziel gekommen war, wie er es sich vorgestellt hatte, war er einigermaßen wütend nach Hause gegangen. Seine Braut Lisette hatte nicht nur kein Gespräch mit ihm gesucht, sondern sie war sogar seinen Blicken ausgewichen. Er hatte nicht übel Lust verspürt, seine Wut über die ganze Versammlung bei Meister Legrand hinauszubrüllen.

Jedoch hätte er dabei sein ganzes Ansehen aufs Spiel gesetzt. Meister Legrand war ein hoch angesehenes Mitglied der dörflichen Gesellschaft. Wenngleich andere Färber seiner Zunft, gerade in den größeren Städten weniger angesehen waren. Das lag an seiner Tätigkeit, oder besser gesagt an dem Gestank, den zu seiner Arbeit gehörenden Ingredienzien verbreiteten. Urin, gerade wenn er eine Weile gelagert wird, verströmt ein Aroma, welches eine Färbertätigkeit nur an den Rändern der Städte und Dörfer zuließ. Marcel hatte seine Färberbude am Ortsrand erbaut und insofern gab es kein Problem. Und durch das sonntägliche Besäufnis, welches er bisweilen organisierte, war er bestens angesehen. Da diese Zusammenkünfte gleichzeitig eine Menge Rohstoff für sein Färberhandwerk lieferten, widersprach es nicht der Lehre Calvins, unaufhörlich Arbeit zu leisten.

Völlig unzufrieden stapfte nun also Abraham ohne seine Angebetete heimwärts und führte Selbstgespräche, eine harmlose, jedoch bisweilen etwas peinliche Angewohnheit.

„Warum beachtet sie mich nicht", murmelte er. „Ich bin doch eine passende Partie. Besser wird sie es nicht treffen. Wie kann sie nur so undankbar sein". Und so ging es in einem fort. Von Gefühlen sprach er nicht zu sich selbst, nicht einmal von verletzten, allenfalls von Enttäuschung. Wobei ihn das Wortspiel erfreute. Ent-täuscht werden konnte natürlich nur jemand, der vorher ge-täuscht wurde.

Er verwarf den Gedanken gleich wieder. Diese Frage erschien ihm zu schwierig. Er hätte dann schon eher auf ihren Vater wütend sein müssen, denn dieser hatte auf eine vorsichtige Anfrage von Abraham nicht ausdrücklich abgelehnt. Deshalb hörte er schon Hochzeitsglocken läuten. Dennoch fehlte der nötige Nachdruck seines erwählten Schwiegervaters.

Einige Tage später trafen sich Bürgermeister Lacroix und Pierre Detman vor der kleinen zerstörten Kirche, eigentlich war es mehr eine Kapelle. Trotzdem war sie einst der Mittelpunkt der Kirchengemeinde der Reformierten gewesen, jedoch schon im Frühjahr von den Dragonern Ludwigs niedergerissen worden.
„Alle, mit denen ich gesprochen habe, wollen fliehen", sagte Pierre.
„Es scheint niemand hier bleiben zu wollen", erwiderte Isaac. "Ob es dann wirklich so weit kommt bleibt abzuwarten. Sogar Abraham will woanders neu anfangen. Mit ihm hatte ich ein längeres Gespräch, er möchte so bald wie möglich meine Tochter Lisette heiraten. Du weißt ja, das geht hier in Frankreich für uns Hugenotten nicht."
„Das ist ja eine freudige Überraschung", antwortete Pierre.
„Wie man es nimmt"
„Was ist passiert?"
„Lisette will ihn nicht zum Mann. Er wirft mir vor, ich würde nicht im richtigen Ton mit ihr reden".
„Was wäre denn der richtige Ton?"
Isaac zuckte mit den Schultern
„Ich soll sie zwingen" und nach einer Pause fügte er hinzu „das will ich aber nicht".

Beide dachten einen Augenblick nach.

„Du kennst Simone?", fragte Isaac plötzlich. Pierre blickte erstaunt durch den Themenwechsel.

„Die Frau des Färbers, natürlich kenne ich sie. Warum fragst du?"

„Sie war verschwunden".

Pierre schaute Isaac verdutzt an.

„Was soll denn das heißen? Wann war sie verschwunden und wo ist sie gewesen?

„Sie war in Notre-Dame la Brune."

„Im Kloster? Was wollte sie dort? Das ist doch viel zu gefährlich", fiel Pierre ihm ins Wort.

„Viel weiß ich nicht, nur dass sie gestern sehr früh losgegangen war und am gleichen Tag zurück sein wollte".

„Und?"

„Sie kam erst heute zurück".

„Sie war zwei Tage fort? Wir müssen zu Marcel und sehen, was vorgefallen ist und ob es seiner Frau gut geht".

Bis zur Färberbude war es eine halbe Stunde Fußweg flussabwärts. Obwohl der Fluss nahebei plätscherte, war der Weg staubtrocken.

Beide Männer gingen schnell und sprachen kaum miteinander. Die Färberbude war direkt an den Fluss gebaut, ein kleiner Steg führte in das Wasser, von einer Seite durch eine niedrige durchlässige Mauer geschützt, und zwar derart, dass sich dahinter eine kleine ruhige Zone bildete. Hier konnte der gefärbte Stoff leicht ausgewaschen werden, ohne dass die Stoffe bei ein wenig mangelnder Aufmerksamkeit davonschwammen.

Die beiden Männer sahen Marcel schon von Weitem. Er ging mit einem Eimer, der offensichtlich mit Wasser gefüllt war, gerade in die Hütte. Etwas von dem Flusswasser schwappte über. Sie klopften an die Tür und traten ein.

Die Färberhütte bestand aus einem großen, quadratischen Raum. Alle Wände waren aus Holz gezimmert, in jeder Wand, jenseitig der Eingangstür waren Fenster eingelassen, sodass die Hütte gut ausgeleuchtet war. Für die Färberei war das von Vorteil. Die Einrichtung war spärlich. Ein schmales Bett, ein Schrank für Kleider, ein Herd, ein Tisch und einige Stühle, mehr stand nicht zur Verfügung. Als Lager für Stoffe gab es noch ein längeres Wandregal. Die Hütte diente nur als Arbeitsplatz, selten blieb der Färber über Nacht. Marcel und Simone besaßen noch ein kleines Steinhaus im Ort.

Marcel saß auf einem Schemel, seine Frau Simone hockte auf der Bettkante, ein Auge war wohl durch einen gezielten Faustschlag malträtiert und blau angelaufen.

„Was ist denn hier passiert?", fragte Pierre und Isaac trat sofort zu Simone.

„Guten Tag Isaac, guten Tag Pierre", sagte Simone ruhig.

Beide schauten betroffen zu Boden. Sich grußlos zu begegnen war ungehörig.

„Guten Tag euch beiden; Entschuldigung"

Alle schwiegen kurz.

„Wir haben uns Sorgen gemacht", meldete Isaac sich nun.

„Simone, bitte sag uns, was ist dir geschehen? Ich habe gehört, du warst in Notre-Dame la Brune bei den Mönchen."

„Das stimmt", antwortete Simone. „Ich wollte noch am selben Tag wieder zurückgehen, aber es dauerte doch länger, als ich gedacht hatte. Ich hatte vor Ostern noch eine kleine Menge gefärbtes Tuch im Kloster abzugeben."

Aber das Kloster ist katholisch „, warf Isaac ein.

„Das stimmt, dennoch, die Mönche wissen, wo man gut gefärbtes Tuch herbekommt." Simone lächelte verschmitzt.

„Und sie zahlen anständig", meinte Marcel.

„Jedenfalls wurde es bald dunkel, als ich endlich losgehen konnte, da sprengte ein Trupp von fünfzehn Dragonern in den Klosterhof. Der Hauptmann forderte forsch eine Unterkunft und etwas zum Essen. Sie schienen sich auf eine größere Aktion vorzubereiten, jedenfalls konnte ich das aus einigen Wortfetzen heraushören, die der Hauptmann mit dem Abt des Klosters wechselte. Als sie mich entdeckten wurden sie unflätig und frech, beleidigten mich und einer forderte offen, mir nachzustellen.

Ich bekam Angst und verließ sofort das Kloster, wollte mich nun sofort auf den Heimweg machen. Dabei musste ich an der Klosterschenke vorbei. Hier hatten sich auch schon einige Dragoner eingefunden und waren kräftig am Trinken. Wen wunderte es, dass sie mich bemerkten! Ich war schon beinahe außer Hörweite, da vernahm ich ein lautes Gejohle und Schritte, die sich sehr schnell in meine Richtung bewegten. Mir war sofort klar, dass sie mich verfolgten. Nun rannte ich los und wollte mich verstecken. Aber der Bewuchs war spärlich. Ich rannte und rannte. Einer von den Kerlen kam mir bedrohlich nahe. Ich konnte mich hinter einem Felsen verstecken und weil es schon stark dämmerte, so rannte er an mir vorbei. Aber nun war er vor mir und ich konnte meinen Weg nicht weitergehen, ohne ihm in seine Arme zu laufen.. Ich duckte mich, so gut es

ging, langsam kam mir die Dunkelheit zu Hilfe. Als allerdings der Mond aufging, konnte ich wieder einiges erkennen, war jedoch nun meinerseits wieder sichtbarer.
Irgendwann muss ich eingenickt sein. Ich erwachte mit einem Riesenschreck, weil ich von hinten gepackt wurde. Jemand riss mir meine Haube vom Kopf, drehte mich auf den Rücken und presste mich auf den Boden. Er ging trotzdem leise dabei vor, dachte sich wohl, so könnte er mich für sich alleine haben."
„Warum hast du nicht geschrien?", fragten Isaac und Pasqual wie aus einem Munde.
Simone verdrehte ihre Augen, so gut es ging:
„Dann hätten die anderen mich ja noch besser gefunden".
Das leuchtete den beiden ein und sie sahen sich hilflos und stumm an.
„Bei dem Gerangel bekam ich einen faustgroßen Stein zu fassen und schlug damit wild um mich. Ich muss ihn böse erwischt haben, denn er fluchte leise und schlug mit seiner Faust mir ins Gesicht. Er traf meine Wange, holte noch einmal aus und traf mein Auge. Ich sah Sterne, schlug, ohne etwas zu erkennen um mich und dabei habe ich ihm wohl einen festen Schlag gegen den Kopf verpasst. Er sackte sofort zusammen und rührte sich nicht.
„Hast du ihn etwa erschlagen?", fragte Pasqual, jedoch Simone redete, ohne zu antworten weiter.
„Hier konnte ich nicht bleiben, also musste ich mich langsam weiter fortbewegen. Ich machte einige Pausen und kam gestern gegen Abend hier wieder an."
Als Simone mit ihrer Schilderung am Ende waren, schwiegen alle betroffen.

„Hier könnt ihr jedenfalls nicht bleiben", meinte Isaac, „wir sollten zusammen ins Dorf gehen".
„Weißt du, ob der Soldat tot ist?", fragte Pasqual nochmals.
Simone zog ihre Schultern hoch.
„Auf jeden Fall wissen sie, wo sie suchen müssen, schließlich hast du gefärbtes Tuch abgeliefert."
Eigentlich hätte man jetzt die Polizei einschalten mögen. Allerdings hatten die Reformierten im katholischen Frankreich keine Chance angehört zu werden. Im Übrigen waren die Vertreter der Obrigkeit hauptsächlich an der Überwachung der öffentlichen Ordnung interessiert. Dies geschah durch Einhaltung des Marktbenehmens, Beachtung der Maße und Gewichte, Preis- und Qualitätskontrollen oder der Fleischhygiene. Auch einem Mord oder schweren Diebstahl wären sie vielleicht nachgegangen, aber an der Aufklärung einer versuchten Vergewaltigung waren sie nicht interessiert, zumal der Täter auch ein Adliger oder ein vermögender und angesehener Kaufmann gewesen sein könnte. Da die Obrigkeit sogar eher an den Landesverweisen der Reformierten arbeitete, waren diese im schlechtesten Sinne rechtlos.
Es blieb allenfalls die Selbsthilfe, allerdings waren in diesem Fall die Soldaten die Täter.
Auf jeden Fall hatte der Bürgermeister recht, sie mussten hier weg und ins Dorf gehen, sich dort vielleicht sogar verstecken.

„Wir können hier nicht bleiben. Unsere Situation ist unerträglich geworden, wir müssen auswandern, lasst uns nach Genf gehen und von dort aus weiterziehen", war das immerzu wiederholte Mantra, wen auch immer man fragte.

Ein Sergent ist eine wichtige Figur in der Armee Ludwig XIV. Die einfachen Soldaten sollten kämpfen und ihr Leben gefährden, Offiziere schmiedeten Angriffspläne. Weil jedoch viele Männer rasch bemerkten, wie gefährlich das Leben als Soldat in der ersten Reihe war, kam es vor, dass sie kehrt machten und rückwärts in die Heimat flüchten wollten. Hier leisteten nun Sergenten eine unverzichtbare Aufgabe. Um diese Fahnenflüchtigen zu stoppen, erschossen sie ganz einfach jeden Fahnenflüchtigen. Die Soldaten hatten indessen also die Wahl, entweder den Kampf in vorderster Reihe vielleicht zu überleben oder den sicheren Tod durch den eigenen Sergenten zu erleiden, falls sie umkehrten.

Außerdem war der Sergent für die Ausbildung der Soldaten, den Drill, verantwortlich. Ein brüllender, brutaler, rücksichtsloser Kerl also.

Ein solcher war Sergent Bretcher, ein grober Klotz aus Avignon, Soldat seit fünfzehn Jahren.

Bretcher sah, als er mit seinen Saufkumpanen in der Schenke saß, Simone Legrand vorübergehen. Sie war ohne Begleitung, zu Fuß und schien allein aus diesen Gründen ein passendes Freiwild für seine Gelüste zu sein.

Erst murmelte er, etwas trunken bereits:

„Das wäre genau was für mich heute Nacht."

Diese Idee wurde unter der trunkenen Ägide der herumstehenden Dragoner als „gut" sanktioniert. Sie stachelten ihn an, grölten es heraus, forderten es direkt von ihm. Er musste hinterher, ohne Ehrverlust konnte er keinen Rückzieher machen, kippte den Rest des Biers hinunter und lief hinterher. Erst torkelte er ein wenig, dann ging es besser. Als es die Frau bemerkte, lief sie vor ihm weg, lief und lief. Er konnte sie nicht einholen. Plötzlich war sie verschwunden, musste sich also in der aufziehenden Dämmerung versteckt haben. Nach ein wenig trotteligem Herumsuchen entdeckte er sie schließlich unbemerkt hinter einem großen Felsblock und fiel sie an. In dem entstehenden Gerangel konnte er ihr zwei Faustschläge verpassen. Sie bekam einen Stein zu fassen und schlug ihm damit an den Kopf. Beim zweiten Schlag konnte er spüren, wie der Schädel zersprang, wie eine tönerne Suppenschüssel, derart wie seine Mutter sie immer sonntags auf den Tisch gestellt hatte. Seine Mutter war dann auch das Letzte, an das er dachte.

Vorbereitungen

Der kleine Ort wollte zusammen diese Gegend verlassen. Niemand sollte in Frankreich zurückbleiben.
In der Zwischenzeit hatten Informanten aus Genf Neuigkeiten gebracht. Die Genfer Kirchengemeinde war groß. Als ein erster Anlaufpunkt kam sie für die Bewohner des kleinen Ortes Le Poët-Laval infrage.
Am 18. Oktober 1685 hatte Ludwig der XIV. bestimmt, dass alle Reformierten entweder rekatholisiert werden oder als Reformierte rechtlos werden würden. Er wollte keine Widersacher in seinem Königreich, insbesondere, wenn sie eine Obrigkeit jedweder Art ablehnten. Besonders widerwärtig empfand die katholisch gläubige Gemeinde, dass diese Reformierten den Papst ablehnten. Ludwig machte sich diese Einstellung zunutze und stellte sich auf die katholische Seite. Paris ist eben eine Messe wert. In diesem Sinne dachte er ebenso, wie seine Amtsvorgänger.
Die Zeit drängte also, die verbleibende Frist war kurz. Mitte des Jahres 1686 sollten sie das Land verlassen haben, oder sie würden verarmt oder katholisch sein. Eher würde Ludwigs Politik nicht bis zu ihnen vordringen können. So hatten sie es sich ausgerechnet.
Aber nicht alle konnten ihre Sachen zusammenpacken und mit einem Handwagen oder Eselskarren das Land verlassen, falls sie denn überhaupt einen solchen besaßen. Die Handwerker hätten die Möglichkeit ihre Werkzeuge auf den Wagen zu laden oder Ideen mitzunehmen, die es ihnen erlauben würden,

an einem anderen Ort ihr tägliches Brot zu erwerben. Jedoch was macht ein Bauer, der bisher mit Schafen und Ziegen gehandelt hat? Selbst wenn er die Wolle verkauft hat, konnte er wohl kaum mit einer Herde von beinahe einhundert Tieren nach Genf ziehen.

Was wurde aus den Olivenbauern? Sie würden völlig mittellos auf eine ungewisse Reise gehen. Zwangsläufig müssten sie zum Katholizismus übertreten und das verhasste Kirchenritual durchleben.

Manchmal hörte man den Ruf, die katholische Kirche müsse aufgelöst werden. Inquisition und der Reichtum auf Kosten der Armen, eine Missinterpretation der Heiligen Schrift, Missbrauch des Priesteramtes, Anbetung der Heiligen, all das schien ihnen unerträglich, dennoch mussten sie bleiben.

Nur einer von ihnen fand sich, um ein neues Leben in einem ungewissen Ausland zu beginnen.

Louis Dupont verließ seinen Olivenhain und seinen Hof und schloss sich als Entwurzelter dem Auswandererzug an.

Er hatte versucht sein Anwesen an die zurückgebliebenen Glaubensbrüder zu einem fairen Preis zu verkaufen. Einiges Geld bekam er, jedoch unter Wert. Das Anwesen wäre in anderen Zeiten als groß und wertvoll zu verkaufen gewesen.

Jedoch gab es keine zurückgebliebenen Glaubensbrüder mehr. Sie waren nun alle Konvertiten und katholisch. Die Gruppe der Fortgehenden und die Gruppe der Zurückbleibenden neideten sich gegenseitig ihre jeweilige „bessere" Entscheidung.

Und die unerbittlichen Realisten erkannten eine Möglichkeit für ein gewinnbringendes Geschäft. Gestern noch gute Freunde oder zumindest Glaubensbrüder vor dem Herrn,

heute schon ihr Opfer; wenn nicht ich, dann kauft ein anderer.
Louis war ein Mann von fünfunddreißig Jahren. Er war groß gewachsen und kräftig, auf die meisten Dorfbewohner konnte er hinunterschauen. Seine Hände konnten zupacken und wenn er mit der flachen Hand auf den Tisch schlug, war schlagartig Ruhe. Er hatte als einzig überlebender Sohn den Olivenhain seines Vaters und oberhalb von Le Poët-Laval ebenso eine kleine Ölmühle, die er durch Wasserkraft betrieb, übernommen.

Viele Helfer ernten gegen Ende des Jahres zwischen Oktober und Dezember, in guten Jahren auch noch im Januar die reifen Oliven. Reif sind sie, wenn die ganze Frucht durch und durch schwarz ist. Das ergibt das beste Öl. Um einen Liter Öl zu gewinnen, werden etwa fünfzehn Pfund Früchte gebraucht. Es dauert drei Monate, bis aus den grünen Früchten schwarze werden. Man kann Olivenöl auch schon aus grünen Früchten pressen, jedoch bekommt das Öl einen milderen Geschmack, wenn die Früchte länger reifen. In Le Poët-Laval und der Umgebung wurde ein solches Öl bevorzugt.

Die reifen Oliven werden mit Kernen in einer Steinpresse weiterverarbeitet. Zwei große Steinräder drehen sich durch Wasser angetrieben in einem runden Trog und quetschen die Früchte bei jeder Umdrehung gewaltig gegen Wand und Boden. Dabei tritt zwangsläufig das begehrte Öl durch die harte Schale und läuft aus dem Spundloch der Mühlenrinne.

Nun kann es in Krüge und kleine Fässer abgefüllt werden.

Ein Auskommen hatte Louis allemal.

Der Olivenmüller war verheiratet, allerdings traf ihn vor einem Jahr ein schwerer Schlag des Schicksals.

Wenn die Erntesaison zu Ende ist, wird in einem dreiwöchigen

Mahlgang in der Steinmühle das Öl aus den Früchten gepresst und anschließend in Tongefäße unterschiedlicher Größe abgefüllt. Zum Eigenverbrauch ist das viel zu viel. Auch das Dorf könnte man mit mancher Ernte überschwemmen und so wird der größte Teil in die Stadt gefahren, auf einem großen Leiterwagen, zweispännig, mit Pferden, welche die Olivenbauern sich gemeinschaftlich angeschafft hatten. Für andere Verrichtungen wurden bei den Olivenbauern Pferde nur selten benötigt, sodass es ihnen schon vor langer Zeit sinnvoll erschienen war, sich hierbei zusammenzutun.

Das Öl wurde an einen Agenten weitergegeben, der es im Laufe der Zeit auf dem Markt möglichst gewinnbringend verkaufte.

Je nach dem kaufmännischen Interesse des Agenten konnte es nur auf einem Markt, wie etwa in Orange oder an verschiedenen regionalen Bauernmärkten verkauft werden. Den Preis musste Louis immer neu aushandeln und in Jahresfrist zahlte der Agent den erzielten Gewinn an die Olivenbauern wie Louis Dupont aus. Die Geschäftsbeziehungen waren langjährig und ausgeprägt, oftmals wurden sie an die nächste Generation weitergereicht.

Auch Louis kannte seinen Agenten, seit er vor langen Jahren zum ersten Mal seinen Vater auf einer solchen Reise begleitet hatte.

Nachdem der Vater gestorben war und Louis den Olivenhain übernommen hatte, begleitete ihn seine Frau Maria. Sie war fünf Jahre jünger als Louis. Ihre kleine Tochter Elisabeth war zehn Jahre alt und mochte es besonders, mit dem Jagdhund, den sie Ede getauft hatte, durch den Olivenhain zu laufen.

Während die Eltern ihre kleine Reise antraten, konnte Elisabeth bei Lisette und Fabienne wohnen. Die beiden freuten sich auf die Kleine und auf den freundlichen „Ede". Es war für sie eine angenehme Abwechselung und sie blieben immer einige Tage fort. Im Winter hatte es viel geregnet, so viel, dass die Straßen in allen Richtungen mehr oder weniger schlimm unterspült wurden. Ein Transport mit einem gut beladenen Leiterwagen, mit zwei Pferden, welche schwer zu halten waren, galten in diesem Frühjahr als ein Wagnis. Jedoch musste andererseits das Öl abgeliefert werden, das war so ausgehandelt und es hat immer stattgefunden.
Louis und Maria fuhren morgens in der Früh los. Einen ganzen Tag würde es dauern, die Stadt zu erreichen. Alles musste langsam und vorsichtig ablaufen.
Gegen Mittag erschien in einiger Entfernung eine Staubwolke auf der Straße vor ihnen. Ein Trupp von etwa zwanzig Dragonern kam ihnen im Galopp entgegen. Die Straßenränder waren auf einer längeren Strecke vom winterlichen Dauerregen ausgefranst, es war nicht möglich gefahrlos Platz zu machen und Louis hoffte, die Dragoner würden ausweichen, langsamer reiten oder irgendetwas Sinnvolles tun, um aneinander vorbeizukommen. Sie gaben sich keinerlei Mühe. Sie preschten auf der Straße weiter, Louis konnte seine beiden Zugtiere nicht halten, sie scheuten und wichen über den Straßenrand aus, und rasten ihrerseits im Galopp in die steinige Landschaft neben der Straße.
Die Dragoner nahmen keine Notiz.
Maria konnte sich auf dem erhöhten Bock des Leiterwagens nicht mehr halten, so wurde er durchgeschüttelt.

Sie stützte von dem Wagen und nicht nur das, das hintere Rad erfasste sie und Maria wurde von ihm überrollt.

Louis schrie in seiner Verzweiflung die Pferde an, zog an den Zügeln, zog dann nur noch an einer Seite, als er bemerkte, dass sie nicht zu beruhigen waren. Der Wagen fuhr rasend eine zu enge Kurve, sodass er umstürzte.

Die Krüge zersprangen zum großen Teil, das Öl versickerte im Sand.

Louis nahm hiervon kaum etwas wahr, rappelte sich auf und lief zurück, um nach Maria zu sehen.

Die Pferde rannten davon, einen Teil der Deichsel polterte hinter ihnen her und vergrößerten noch ihre Panik.

Maria lag blutüberströmt auf dem steinigen Acker und regte sich nicht.

„Maria, nein, nicht", brüllte Louis.

Marias Augen blickten leer in den Himmel.

Sie war tot. Ein Stein auf ihrem Weg hatte ihren Schädel gespalten.

„Gibt es einen Gott?", hatte er Pastor Glanz gefragt, als Maria einige Tage später beerdigt wurde.

„Warum hat er es zugelassen?".

Louis bekam keine Antworten. So brach er mit Gott und seinem Glauben. Er behielt es für sich. Er wäre sonst ein geächteter Außenseiter geworden. Nie und nimmer hätten Sie ihn und die kleine Elisabeth auf diese Reise mitgenommen.

Frühjahr 1686

Der Sergeant Bretcher tauchte bis zum Morgen des nächsten Tages nicht wieder im Kloster auf. Das fanden die anderen Soldaten nicht merkwürdig. Als er mittags nicht wieder zurück war, wurden sie zwar unruhig, sagten jedoch nichts. Gegen Abend, als es bereits wieder dunkel wurde, machten sie Meldung bei ihrem Feldhauptmann und dieser befahl eine Suche nach Sonnenaufgang.

Es dauerte bis zum nächsten Abend, ehe sie ihn erschlagen hinter dem Felsen fanden und einen weiteren Vormittag, bis die Dragoner endlich mit einer Version herausrückten, die der Feldhauptmann für unwahrscheinlich hielt, nämlich dass eine Frau ihn verführt und ihn dann wohl erschlagen und ausgeraubt hatte, der Sergeant also ein bedauernswertes Opfer war.

„Ein betörender Blick, ein flüchtiger Kuss, und dann ... eine verhängnisvolle Wende."

Der Feldhauptmann, ein Mann, dessen Augen viel gesehen und dessen Geist noch mehr verstanden hatte, zog die Stirn kraus.

∞

Der Informant aus Genf hatte den Bürgermeister auf das Wichtigste vorbereitet.

„Es ist es leicht, in der Großstadt unterzutauchen, für Geld einen – mehr oder weniger verlässlichen – Schlepper zu finden und eine Gelegenheit abzuwarten. Ausländische

Geschäftsleute kommen sogar bis auf die Jahrmärkte, um Flüchtlinge in ihre Obhut zu nehmen und nach Genf zu bringen. Sie wandern nachts, verstecken sich tagsüber, verkleiden sich als Bettler, Hausierer oder Rosenkranzverkäufer. Sie verstellen sich als Kranke, Stumme, Verrückte. Viele sterben vor Hunger, Erschöpfung und Kälte. Das alles ist riskant, Verhaftungen mit anschließender Verurteilung zur Galeere häufig, die Schlepper können gehängt werden." Der Informant machte eine Pause und trank einen Schluck Wasser aus einem Holzbecher.

„Ich habe hier einige handschriftliche Anleitungen", fuhr er fort. „Sie geben den Reiseweg und den Übergangsort an, manchmal auch die Personen, die man um Hilfe bitten kann. Ihr müsst hier schnell verschwinden. Bildet Gruppen, versteckt euch, verstellt euch als harmlose Pilger oder was euch ansonsten gegeben erscheint"

Bürgermeister Isaac Lacroix war bemüht, sich einen Überblick zu verschaffen. Am Morgen des 14. April, unmittelbar nach Ostern, sollte die Karawane der Flüchtlinge aufbrechen. Die Bewohner hatten nichts, was sie hätten beladen können. Einige versuchten es, mit Handkarren etwas von ihrem Hab und Gut zu retten. Allerdings stellte sich sofort heraus, dass es nicht möglich war, den Ort damit zu verlassen. Der Weg war steinig und an einigen Stellen zu steil, um mit menschlicher Kraft einen beladenen Karren zu bewegen. Es gab keine nennenswerten Zugtiere. Die Olivenbauern besaßen zwei Pferde in ihrer Gemeinschaft, diese zogen wichtige Dinge für alle. Jedoch konnten sie nicht bewegen, was jeder Einzelne für sich glaubte, mitnehmen zu müssen. Pasqual Voutta und Isaac Lacroix beluden den Esel hauptsächlich mit Proviant für den langen Weg.

Eine kleine Gruppe scherte aus und entschloss sich in den umliegenden Bergen ein Versteck vor den Schergen des Königs zu finden. Wurden sie bei ihren Gottesdiensten erwischt, drohte ihnen der Dienst auf einer Galeere, den Frauen der Kerker.
Die Familie des Bürgermeisters mit der Mutter Jasmine und den beiden Töchtern Lisette und Fabienne bildeten eine Gruppe mit Henrie Detman und Johann Voutat.
 Die Färberfamilie Simone und Marcel Legrand gemeinsam mit dem Handschuhmacher Abraham Lamienne, Pastor Glanz und dem Ölbauern Louis Dupont und seiner Tochter Elisabeth eine weitere. Ihr Hund Ede lief irritiert hin und her.
Zwei weitere Familien schlossen sich an. Die Familie Meisel hatte drei Kinder zwischen fünf und zehn Jahren und die Familie Godeffroy bestand aus sechs Personen, den Eltern Martin, Edda und den vier Kindern. Guillaume und Carla Leclerc waren die ältesten Reisenden, beide schon nicht mehr so beweglich. Die Alten und die Kinder würden einiges der Strecke auf dem Leiterwagen fahren dürfen. Ihren Webstuhl zum Strumpfwirken mussten sie zurücklassen, jedoch eine Bauanleitung erstellt. Die wichtigsten Bauteile hatten sie abgebaut und wenn sie klein genug waren, eingepackt.
Genf wollten sie über Voiron, Chambéry, Aix - les – Bains und Annecy erreichen. In allen Orten mussten sie sich in Acht nehmen, überall waren sie nicht gerne gesehen. Einen Freibrief bekamen sie vom König nicht.
„Nur weg, nur weg", befahl ihnen der Kopf.
„Bleib hier", befahl das Herz.
Alle hatten Tränen in den Augen.
Es war ein ärmlicher Zug, den der Bürgermeister anführte.

Jeder hatte nur dabei, was er tragen konnte.

In Genf würde es besser werden, lautete auf fast alles die Antwort.

Siebzig Meilen[1] würden sie reisen müssen, in weniger als vier Wochen könnten sie in Genf sein.

Johanns Vater hatte ihm für den Weg ein Paar neue Schuhe angefertigt. Sie waren ganz neu und Johann hoffte, dass sie durch das notwendige Eintragen nicht seine Füße wund scheuern würde. Er musste peinlich darauf achten, den jeweiligen Schuh immer am selben Fuß zu tragen. Bislang sahen beide Schuhe noch gleich aus, links und rechts wurden immer gleich hergestellt und mussten daher erst eingetragen werden. An sonstiger Kleidung trug er, wie alle Männer, ob jung oder alt, Kniebundhosen, ein Leinenhemd, eine warme Jacke, darunter die grüne Weste und einen breitkrempigen Hut. Sein Freund Henrie sah ihm, was die Kleidung betraf, zum Verwechseln ähnlich, nur dass er keine neuen Schuhe trug. Lisette und Fabienne trugen einen relativ eng gearbeiteten, etwa knöchellanger Rock. Er besteht aus Wollstoff und Flanell. Das Mieder aus schwarzem Tuch. Auf dem Mieder schlingt sich ein großes Tuch, das sich über der Brust kreuzt und vorn in den Rock gesteckt ist.

Wenn sie in unwegsames Gelände kämen, würde der Rock hinderlich sein, dachte Johann für sich. Jedoch würden sie um nichts in der Welt eine Hose tragen wollen.

Den ersten Tag kamen sie gut voran. Auf dieser Etappe kannten sich die meisten noch bestens aus. Am Ende des zweiten

---

[1] 1 Meile =. 7 Kilometer

Tages kam ihnen schon nichts mehr bekannt vor.

Johann bemerkte, dass Lisette nicht so sehr die Nähe von Abraham suchte, sondern eher das Gespräch mit ihm.

„Es ist doch eine wunderliche Entwicklung in Frankreich geschehen. In der Vergangenheit haben wir unendlich viele Schlachten geschlagen. Manche haben wir verloren, manche gewonnen und am Ende stehen Tod und Vertreibung. Wofür haben unsere Großeltern oder deren Großeltern gekämpft? Viele sind gestorben. Beinahe jede Familie ist betroffen. Und nun werden wir vertrieben, oder müssen zu einem Glauben konvertieren, der im Gottesdienst einen nie dagewesenen Hokuspokus veranstaltet. Wenn es Gott gibt, warum will er so etwas? Was hat er sich wohl dabei gedacht?"

Johann dachte nach.

„Ich glaube, er will es nicht. Er kann es nicht wollen, denn es gibt ihn nicht so, wie du ihn dir vorstellst. Gott denkt nicht. Gott ist nichts Gegenständliches, nichts Substanzielles, keine sprechende Figur."

„Aber wir beten ihn an", erwiderte Lisette.

„Ja, merkwürdig, auch die Katholiken tun das".

„Und auch die Heiden beten zu ihren Göttern. Und die können ihre Götter sehen", mischte sich Louis ein, der direkt hinter ihnen ging.

„Ich habe euer Gespräch mitbekommen. Entschuldigt bitte, aber auch ich habe lange darüber nachgedacht."

„Die Heiden?", fragte jedoch Henrie, „das ist doch schon viel zu lange her. Was ihr sagt, ist gotteslästerlich", dabei schaute er sich scheu zu Pastor Glanz um.

„Wir sollten Pastor Glanz fragen", warf jetzt Fabienne ein.

„Mich etwas fragen?", meldete sich nun der Pastor, der seinen Namen gehört hatte und leicht schnaufend zu der Gruppe aufschloss.

„Was ist Gott?", erklärte Johannes und er fasste kurz zusammen, was sie bisher diskutiert hatten.

„Die Frage hat uns Geistliche schon länger beschäftigt".
Er lächelte.

„Im Christentum erzählen wir von Gott, weil Jesus selbst von ihm erzählt hat. Er hat Gott im Einklang mit den Schriften als Vater angesprochen und durch seine Art der Zuwendung auf neue Weise nahegebracht.

Im antiken Theater, in der Rhetorik und im Recht hat man als Person die Maske. Diese bedeutet die Rolle eines Schauspielers. Wer auch immer diese Rolle innehatte, sollte so und nicht anders sprechen, völlig unabhängig von seiner individuellen, leib- oder seelischen Persönlichkeit. Übertragen auf die Rede von Gott bedeutet das, dass Gott nicht an sich, sondern nur über seine Wirksamkeit für uns erkannt werden kann, also in der Funktion von Vater, Sohn oder Geist. Die Personalität Gottes selbst bleibt in kluger Vorsicht abstrakt."

Pastor Glanz seufzte, war jedoch mit seinen Erläuterungen durchaus zufrieden, drückte seine Ellenbogen an den Körper und öffnete die Hände mit den Flächen nach oben.

„Das bedeutet, dass wir uns damit zufriedengeben müssen, ihn nicht eindeutig zu erkennen", meinte Henrie.

„Wenn jeder sich seine eigenen Vorstellungen macht, warum werden wir dann aus einem katholischen Land vertrieben?" fragte Fabienne

„Reine Machtpolitik des Königs", antwortete der Pastor.

Dann begann es zu regnen. Zunächst nieselte es und die Kälte kroch abends unter ihre unzureichende Kleidung. Ihre Umhänge wurden schwer und drückten sie hinunter wie der Kummer ihre Seele. Die Röcke der Frauen wollten nicht mehr trocknen. Die Kinder froren entsetzlich. Am schlimmsten traf es den alten Guillaume Leclerc. Er begann zu husten und bekam kaum noch Luft.
Sie betteten ihn auf den Leiterwagen, jedoch rüttelte der ungefederte Ackerwagen ihn durch wie einen Knochensack.
Sie hatten beinahe die Hälfte der Strecke geschafft, dennoch war für den alten Leclerc ein Weiterkommen nicht möglich. Das Wetter wurde immer schlechter. Die Kinder weinten, die Frauen waren mit ihren Nerven am Ende. So schwer es ihnen fiel, sie konnten nicht weitergehen. In den Ortschaften, durch die sie gekommen waren, war es für die kleine Schar nicht möglich, einige Zeit unterzukommen, manche Orte hatten noch weniger Einwohner als die Vertriebenen zählten.
Sollten sie auf halber Strecke umkehren oder weitergehen?
Nein, es gab kein zurück, die Heimat war verloren.
Es kam ihnen eine Gruppe von Pilgern entgegen. Offensichtlich waren sie vor nicht langer Zeit aufgebrochen. Sie wirkten wohlgenährt und gesund. Der Anführer schien ein Geistlicher zu sein.
Sie erwähnten, sie wären gerade aus einem Kloster aufgebrochen, in dem barmherzige Mönche um Gotteslohn sich um Reisende und Kranke kümmerten.
„Saint-Laurent-du-Pont, heißt das Kloster, hier solltet ihr vorsprechen", empfahl der Anführer.

„Es ist ein Kartäuser – Kloster".
Das Kartäuserleben spielt sich größtenteils im geschlossenen Raum der einzelnen Zelle ab.
Die Losung der Kartäuser-Spiritualität ist Einsamkeit, das heißt die totale und absolute Hingabe an Gott allein in Form des Verzichts auf gewöhnliche menschliche Kontakte, soweit es das Gleichgewicht der Personen zulässt. Schweigen ist die Folge; es ist eine innere Anforderung, die dazu aufruft, allein auf Gott zu hören.
So gibt es keine festgeschriebene Liturgie. Dennoch ist der Tag genau durchgeplant. Es wechseln sich körperliche und geistige Arbeit ab. Aber nicht in Gemeinsamkeit spielt sich der Tagesablauf ab, sondern in Einsamkeit, jeder für sich allein, obwohl sie doch zusammen in der Kirche beten.
Sie erleben die Spannung zwischen *gemeinsam* und *zusammen*, lösen sie auf und sind so niemals allein.
Kartäuser schweigen, und Einsamkeit kennt kein verlassen werden, hat nur eine Bedeutung als Weg zu einer geduldigen Suche des Geheimnisses Gottes.
Alle Mönche leben in kleinen Zellen um den großen Kreuzgang herum. Die Zellen bestehen aus einem Schlafraum, einem kleinen Studierzimmer und einer Werkstatt, in der der Mönch auch sein Holz für seinen Ofen zerkleinert. Die meiste Zeit verbringt er somit wieder und nun tatsächlich, vollumfänglich allein. Gemeinsam wird lediglich sonntags das Mittagsmahl eingenommen. Dann sprechen sie lebhaft miteinander. Auch die Nacht wird mehrmals für gemeinsame Gebete unterbrochen. Ist das Nachtoffizium, welches wiederum von allen gemeinsam in der Kirche gebetet wird, nach etwa zwei Stunden beendet,

legt sich der Mönch zu einem zweiten, etwa vierstündigen Schlaf ins Bett. Um 06:30 Uhr steht er zum zweiten Mal zum Offizium und zur Betrachtungszeit auf. Um sieben Uhr versammeln sich alle Patres in der Kirche zur fünfzehnminütigen eucharistischen Anbetung und zur anschließenden Konventsmesse, der täglichen heiligen Messe, die in einem Kloster für alle Mitglieder der Ordensgemeinschaft gefeiert wird. Danach begehen sie, jeder für sich, in kleinen Kapellen Stillmessen.

Bürgermeister Lacroix hatte Bedenken, den Mönchen gegenüberzutreten, war es doch ein katholischer Orden, jedoch zerstreute seine Frau Jasmine diese gleich wieder, denn:

„Nach der Schilderung des Geistlichen der Pilgergruppe werden wir die Mönche nicht zu Gesicht bekommen."

Und tatsächlich betraten sie überhaupt nicht das Kloster, sondern lediglich die Herberge, die von Laienbrüdern geführt wurde.

„Wir müssen uns um Großvater Leclerc kümmern und alle anderen müssen ihre Kleider trocknen. Vielleicht können wir einige Tage hier verweilen."

Pierre Detman und Pasqual Voutat machten sich auf den Weg zu einem Laienbruder, dessen sichtbare Geschäftigkeit andeutete, dass er Verantwortung trug..

„Wir sind einige Wanderer auf dem Weg nach Genf. Ich bin Pasqual Voutat, und dies ist mein Freund Pierre Detman. Wir sind durchnässt und brauchen ein wenig Ruhe"

„Ich bin Bruder Johannes, ihr könnt hier ausruhen. Wir haben ein Lager für euch und etwas zum Essen gibt es auch. Im Schlafsaal brennt ein Feuer, dort könnt ihr euch alle aufwärmen." Er unterstützte seine Worte durch eine einladende

Geste.

Bruder Johannes hatte eine freundliche Stimme, die dem Gegenüber das Gefühl vermittelt aufgehoben zu sein und verstanden zu werden. Er trug die helle Kutte der Klosterbrüder mit angenähter Kapuze. Seine Erscheinung strahlte Würde und Gelassenheit aus. Er war nicht mehr der Jüngste und hatte wohl schon fünfzig Jahre erlebt, war nicht sonderlich groß und kräftig; von seiner Statur, eher etwas rundlich.

Pasqual bedankte sich und gab die Information an die anderen weiter.

Für Guillaume wurde etwas Abseits ein trockenes Lager hergerichtet, mehrere Decken sollten ihn wärmen.

Er hustete. Es war so schlimm, dass man das Gefühl hatte, er werde gleich die Kontrolle über seinen Körper verlieren.

Er zitterte am ganzen Körper obwohl er heiß war wie ein Stein in der Sonne.

Eine Frau kam auf sie zu. Sie war groß, hatte lange schwarze Haare, trug ein ebenso schwarzes Wollkleid und darunter hohe Lederstiefel. Ein roter Schal, um den Hals gewunden, war ein auffälliger Kontrast. Sie hatte einen großen Lederbeutel in ihrer linken Hand, die Rechte zierte ein silberner Ring mit einem großen Stein.

„Ich mache ihm einen Sud aus Spitzwegerich, dann wird der Husten aufhören", sagte sie mit ruhiger, fester Stimme.

„Ich bin Irma Kreutzer, eine Apothekerin und Heilkundige aus Genf."

„Warum bist du hier, Genf ist weit?", wollte Pasqual wissen

„Ihr habt Glück, ich bin auf dem Weg nach Santiago de Compostela als Pilgerin. Es gibt einige Kranke hier und deshalb habe ich meine Reise zunächst für eine gewisse Zeit unterbrochen". Sie lächelte, als sie das sagte und goss den Spitzwegerich Sud in einem Becher auf.

Sie mochte etwa vierzig Jahre alt sein. Ihre Ausstrahlung wirkte beruhigend auf ihre Umgebung, trotzdem strahlte sie Autorität, Vertrauen und Ruhe aus.

„Wohin wollt ihr?"

„Nach Genf", antwortete Pasqual.

„Ihr seid Hugenotten", stellte Irma sachlich fest.

Pierre und Isaac waren nicht wohl bei der Frage. Als sie sahen, dass die hochgewachsene, schwarze Frau sich um Guillaume zu kümmern schien, hatten sie die Szene aufmerksam beobachtet.

Die Freundlichkeit, mit der sie hier behandelt wurden, stimmte sie jedoch weichherzig. Von den Anfeindungen, die sie überall im Land erlebt hatten, war in diesen Mauern nichts zu spüren.

„Ja", antwortete Pasqual deshalb wie selbstverständlich.

Sie reichte Guillaume den Becher, seine Frau nahm ihn an und gab ihm zwischen zwei Hustenanfällen zu trinken.

„Lass ihn trinken, soviel er will, ich habe Bilsenkraut beigemischt, das macht schläfrig. Er muss sich ausruhen. Morgen schaue ich wieder nach ihm". Sie deutete eine Verbeugung an und ging.

Fasziniert starrten die drei Männer ihr schweigend nach.

Im Kloster

Der Feldhauptmann zweifelte, dass eine Frau den Sergent verführt und dann erschlagen hatte. Bretcher war kräftig, selbst, wenn er betrunken war. Außerdem war er noch vollständig bekleidet hinter dem Felsen gefunden worden.
Aber er wollte keine Schande auf seine Dragoner kommen lassen und so befahl er, die Frau zu suchen.
Sie hatte gefärbte Stoffe abgeliefert und diese besorgte sich das Kloster immer von Marcel Legrand aus dem Ort Le Poët-Laval. Ein Suchtrupp von vier Dragonern sollte sie finden.

∞

Nachdem am nächsten Morgen Irma Kreutzer noch einmal nach Guillaume geschaut hatte, suchte Johann den Bruder Johannes auf. Er fand ihn an einem Stehpult mit Tinte und Feder. Der Mönch war im Begriff, einige Zeilen auf Pergament zu schreiben.
„Bruder Johannes, bitte verzeih mir, wenn ich dich störe. Ich möchte mich im Namen meiner Eltern und meiner Reisegefährten für die freundliche Unterstützung bedanken. Ihr wart ein sicherer Ort zur richtigen Zeit."
„Gott hat uns an diese Stelle gestellt, damit wir Schutzsuchenden eine Hilfe sind", antwortete er mit leiser Stimme. Es klang bescheiden.
„Dieses Kloster steht seit langer Zeit schon an einer Strecke des

Jakobsweges nach Santiago de Compostela. Er beginnt eigentlich erst am Auslauf der Pyrenäen, diese Strecke hier ist eine der wichtigsten dorthin auf dem Boden Frankreichs." Bruder Johannes machte eine Pause. Johann blickte fragend.
„Santiago de Compostela ist der Begräbnisort des biblischen Apostels Jakobus", erklärte der Mönch.
„Alljährlich pilgern seit dreihundert Jahren viele Gläubige zu diesem Ort, in der Hoffnung, für ihre Sünden Vergebung zu erfahren. Das können die Sünden sein, welche sich im Laufe des Lebens angesammelt haben, eher die der allgemeinen Art, oder aber ganz spezielle. Auf jeden Fall hat der Besuch der letzten Ruhestätte des Apostels eine reinigende Wirkung auf die Seele der Pilger."
Johann hatte davon gehört, dass Calvinisten vor etwa sechzig Jahren in die Neue Welt ausgewandert waren. Glaubensflüchtlinge aus England. Jedoch war das keine Pilgerreise, obwohl sie auch nach Erlösung strebten. Erlösung von den Engländern. Das war jedoch eine, von der Bruder Johannes sicherlich nicht gesprochen hatte.
„Ich habe noch nie davon gehört", antwortete Johann.
„Wie heißt du? Woher kommst du?", wollte Bruder Johannes wissen.
Johann wollte ihm schon das ganze Schicksal berichten, beschränkte sich zunächst auf seinen Namen und den Ort seiner Herkunft.
Bruder Johannes war nicht anzumerken, ob er Le Poët-Laval kannte, jedoch sagte er:
„Johann heißt du? Da haben wir ja beinahe den gleichen Namen".

„Johann ist eine Kurzform, manchmal nennen mich meine Eltern auch Johannes".
Der Bruder lächelte.
„Du willst mehr über unser Leben erfahren, nehme ich an. Es kommt dir neu und unbekannt vor, was du hier erlebst – ist es nicht so?"
Genau das dachte Johann und nickte nur.
„Dann lass dir einiges erklären. Unser Bemühen und unsere Berufung bestehen vornehmlich darin, im Schweigen und in der Einsamkeit Gott zu finden. Denn dort unterhalten sich der Herr und sein Diener häufig miteinander, wie jemand mit seinem Freund. Oft zieht dort das Wort Gottes jede treue Seele an sich, himmlisches wird dem Irdischen, Göttliches, dem Menschlichen geeint. Doch zumeist ist es ein langer Weg, bis wir zum Quell des lebendigen Wassers pilgern. Jeder Bruder strebt nach der äußeren Einsamkeit. Ihr fehlt oft der Schutz, den die Abgeschiedenheit des Kreuzgangs und die Bewahrung der Zellenruhe gewährt. Doch nützt ihm äußere Einsamkeit nichts, wenn er nicht jederzeit, selbst während der Arbeit, auch die innere Einsamkeit bewahrt. Sooft das göttliche Stundengebet in der Kirche oder die Arbeit die Brüder nicht mehr in Anspruch nehmen, kehren sie stets in ihre Zelle als in den sichersten und stillsten Hafen zurück. Dort verweilen sie ruhig und möglichst geräuschlos, befolgen gewissenhaft die Tagesordnung und tun alles vor Gott und im Namen des Herrn Jesus Christus, in stetem Dank. Sie beschäftigen sich hier auf nützliche Art, mit Lesen oder Betrachten, vorwiegend in der Heiligen Schrift, die eine Seelenspeise ist, oder sie geben sich nach Vermögen dem Gebet hin."

Bruder Johannes legte Johann eine Hand auf die Schulter.
„Gott hat seinen Diener in die Einsamkeit geführt, um zu seinem Herzen zu sprechen. Aber nur wer in der Stille lauscht, nimmt das sanfte, leise Säuseln wahr, in dem der Herr sich offenbart. In der ersten Zeit fällt uns wohl das Schweigen schwer. Bleiben wir aber hierin treu, so steigt schrittweise gerade aus unserem Schweigen etwas in uns auf, das uns dazu drängt, noch mehr zu schweigen. Daher dürfen die Brüder nicht wahllos sprechen, was, mit wem oder wie lange sie wollen."
Johann hatte den Eindruck, dass er nun gehen sollte und verabschiedete sich höflich mit einer Verbeugung. Als er sich schon abgewandt hatte, fragte Mönch:
„Ihr seid Hugenotten?" Es war ein Mittelding zwischen Frage und Feststellung und weil er es als letzteres verstand, antwortete Johann mit einem einfachen:
„Ja", dabei drehte er sich halb dem Bruder Johannes zu. „Erhalten wir zufällig Kunde von Ereignissen in der Welt, sollen wir uns hüten, sie weiterzuerzählen", sagte der Mönch.
„Ich wünsche euch alles Gute."

Einmal am Tag wurde Brot verteilt.
Johann ging zurück zum Schlafplatz seiner Familien und sah den alten Guillaume Leclerc auf seinem Lager noch schlafen. Seine Frau Carla hockte neben ihm und schaute ihn traurig an. Es schien schlecht um ihn zu stehen.
Agnes saß auf einem Schemel neben ihrem Lager, schnitt eine dicke Scheibe Brot ab und reichte sie ihm.
„Dein Vater ist mit Henrie und seinen Eltern zum Brunnen gegangen. Heute gibt es nur Wasser und Brot".

„Immerhin", nuschelte Johann.
Das Wetter hatte sich gebessert. Der Regen hatte aufgehört, es war etwas wärmer geworden. Johann ging zum Brunnen, gesellte sich zu Henrie und den Eltern und fragte:
„Wann geht es weiter?"
„Wie geht es dem alten Guillaume?", fragte Henrie
Johann zog seine Schultern hoch und die Mundwinkel herunter.
„Nicht so gut, glaube ich."
„Sobald es ihm etwas besser geht, sollten wir wieder aufbrechen", sagte Pierre. „In Genf ist er besser aufgehoben. Hier geht es zu, wie in einem Taubenschlag."
Die Glocke kündigte gerade die zehnte Stunde an, als ein alter Mönch auf sie zukam und fordernd nach dem Anführer der Hugenotten fragte.
Das bedeutete Gefahr.
Er nannte sie nicht einmal „Reformierte", er sprach sie direkt mit dem -seiner Meinung nach-Schimpfnamen an.
Henrie zeigte auf Isaac Lacroix.
„Ich bin Bruder Malachias", sagte der Mönch.
Malachias schaute grimmig drein. Seine hagere Gestalt erinnerte an einen dürren Baum im Winter. Er war schon weit über sechzig Jahre alt und nichts deutete darauf hin, dass er noch einmal grünen würde. Seine wirren, grauen, schütteren Haare zeigten in alle Richtungen. Seine ehemals helle Mönchskutte erweckte den Eindruck, als sei sie seit seinem Gelübde niemals gewaschen oder getauscht worden. Mit knorriger Stimme wandte er sich an Isaac:
„Höre, wir behandeln alle Pilger gleich. Wir verpflegen und

versorgen sie anderweitig, falls nötig. Dafür erwarten wir keinen Lohn, lediglich Respekt. Die Pilger erweisen uns diesen, indem sie einmal täglich an der heiligen Messe teilnehmen, um den Segen unseres Herrn durch Pater Laurentius zu empfangen. Ihr nehmt an unseren Messen nicht teil?"
„Wir verhalten uns nicht respektlos, allerdings können wir als Reformierte …"
„Hugenotten", unterbrach Malachias unwirsch.
„… Eurem Wunsche, an der Messe teilzunehmen, nicht nachkommen", antwortete Isaac irritiert.
„Ihr seid ungläubige und verratet unseren Gott"
„Ihr glaubt an mehrere Götter? Wieso euer Gott?", fragte Isaac.
Malachias war irritiert und antwortete schnell:
„Es gibt nur einen Gott"
„An den wir auch glauben", sagte Isaac entschieden.
„Ihr lehnt den Papst als Stellvertreter Gottes auf Erden ab, ihr glaubt nicht an eine vollständige und dauerhafte Wandlung der Substanz von Brot und Wein in Leib und Blut Christi, nicht an die Transsubstantiation bei unserem Abendmahl, ihr glaubt nicht …"
Weiter kam Malachias nicht.
Henrie fiel ihm wütend ins Wort:
„Ihr glaubt, dass sich beim Abendmahl ein Wandel von Brot und Wein zum Körper und Blut Christi vollzieht? Das ist lächerlich. Jesus war als Gottes Sohn auf der Erde und deshalb sein einziger Stellvertreter. Der Papst ist anmaßend und …"
„Lass es gut sein, Henrie", sagte sein Vater besänftigend.
Auch Malachias spürte eine Wut aufsteigen, wollte sich jedoch

nicht gegen die Klosterregeln verhalten und sagte deshalb mit mühsam beherrschter Stimme:
„Weil ihr dies alles nicht glaubt, werdet ihr Morgen die Herberge des Klosters verlassen."

Der Tod des Färbers

Am nächsten Tag verließ die kleine Schar tatsächlich das Klostergelände durch das Nordtor. Sie hatten sich zwei Tage ausruhen können, das Wetter besserte sich, der alte Guillaume war dem Tode nicht mehr ganz so nah, allerdings erschöpft und schon nach kurzer Zeit merkte man ihm die Anstrengung an. Es ging bergauf und bergab, nicht sehr steil, jedoch waren die Wege nun so schlecht und schmal, dass sie mit dem beladenen Leiterwagen nicht weiterfahren konnten. Sie beluden also die Pferde so gut es ging und ließen den Wagen zurück. Jetzt konnten jedoch weder die Kinder noch der alte Guillaume weiterfahren; sie mussten zu Fuß gehen. Obendrein musste die Gruppe sich möglichst bald zerstreuen. Sie waren im Kloster zu sehr aufgefallen. Ein Denunziant konnte das Ende bedeuten. Der Weg war schmal und wurde in den Hügeln noch schmaler. Die Gruppe ging noch eng zusammen. An ein Zerstreuen war hier noch nicht zu denken.

∞

Die Dragoner waren auf der richtigen Spur. Sie hatten sich zunächst in einigen Ortschaften nach einer Gruppe von Hugenotten erkundigt und als dann das Massiv der Chartreuse sichtbar wurde, sich auf ihr Gefühl verlassen. Es war unwahrscheinlich, dass die kleine Gruppe die Höhenzüge an der höchsten Stelle überquerte. So kamen sie schließlich am Kloster der Kartäuser vorbei und fragten den Bruder Johannes, den auch sie anhand seiner Geschäftigkeit für den verantwortlichsten Mönch hielten, ob ihm eine Gruppe von Hugenotten aufgefallen wäre. Dabei wäre eine Frau als Begleiterin, die als Mörderin gesucht würde.

Bruder Johannes war überrascht. Die Fremden hatten zwar nicht seinen Glauben, aber er konnte es sich nicht vorstellen, dass sie eine Mörderin verbargen. Natürlich wusste er, dass er den vermeintlichen, natürlichen Lauf der Gerechtigkeit nicht aufhalten konnte, deshalb gab er schließlich Auskunft.

Vor vier Stunden seien sie weitergereist, sie könnten noch nicht so sehr weit gekommen sein. Es wären einige Kinder darunter, ein alter Mann sei schon sehr erschöpft.

∞

Der Weg weitete sich nun an einigen Stellen. Dornengestrüpp wuchs auf beiden Seiten nahezu undurchdringlich. An einigen Stellen ging es auf der rechten Seite steil bergauf, an der anderen steil bergab. Die Wanderer mussten nun wieder öfter hintereinander gehen. In dieser bergigen Landschaft waren keine Fuhrwerke anzutreffen. Zwei Pferde, ein Esel und fünfundzwanzig Personen hintereinander können sich als Reisegruppe schon in die Länge ziehen und so fiel es dem vorne gehenden Bürgermeister Isaac Lacroix nicht auf, dass zu den hinten gehenden vier Dragoner auf Pferden herankamen. Die Hinteren machten schon Platz so gut es ging, da fragte der Anführer des kleinen Trupps, ohne vom Pferd zu steigen:

„Seid ihr die Hugenotten aus Le Poët-Laval?"
Henrie und Johann gingen als Letzte und passten von dieser Position aus auf, dass niemand verloren ging. Insbesondere die Kinder träumten sich manchmal in das Unterholz.
Henrie ahnte nicht, worum es gehen könnte, Johann bekam Herzklopfen.
Beide antworteten die Frage gleichzeitig mit einem entschiedenen „nein" wie aus einem Munde.
Mit einer Handbewegung wischte der Dragoner die Antwort hinweg. Er schien es besser zu wissen.
Vom Pferd herunter redete er laut und fordernd zu den beiden: „Unter euch ist eine Frau, lange Haare, ungefähr so groß", dabei zeigte er für alle wenig ausdrucksstark eine imaginäre Größe an, „kaum dreißig Jahre alt", das war für Henrie und Johann ebenso wenig ausdrucksstark, denn für sie war das ein stattliches Alter, „der Mann ist Färber". Beide wurden bleich.
"Simone Legrand", keuchte Henrie leise.
„Wie heißt sie?", brüllte der Dragoner vom Pferd auf ihn ein.
Henries Gedanken rasten.
„Was wollt ihr von ihr?"
„Sie ist eine Mörderin, sie hat Sergent Bretcher erschlagen.", brüllte er. „Ich will wissen, wie sie heißt."
„Simone Legrand", erklärte der neben ihm reitende Dragoner, der es offenbar verstanden hatte.
„Wo steckt sie?". Der Anführer setzte sein Pferd in Trab an der langen Reihe vorbei. Die anderen folgten. Immer wieder rief der Anführer „Simone Legrand … Simone Legrand", wenn er an einigen vorbeigeritten war.
Und da entdeckte er sie. Er erkannte sie sogar sofort, er hatte

sie an der Klosterschenke damals flüchtig bemerkt. Er zeigte auf Simone.

„Du, du da, ... du bist verhaftet" rief er und sprang vom Pferd. Das senkte sofort seinen Kopf und begann zu fressen.

„Warum? Was soll das? Warum bin ich verhaftet?"

„Du hast unseren Sergent getötet und ausgeraubt"

„Wann soll das gewesen sein?", fragte ihr Mann Marcel.

„Nachdem sie ihr blaues Tuch im Kloster Notre-Dame la Brune abgeliefert hat."

„Das ist lächerlich. Wie soll sie denn das gemacht haben? Euer Sergent war doch sicherlich ein starker Kerl. Bewaffnet war er schließlich bestimmt auch. Wie soll sie so jemanden überfallen?"

„Sie hat ihn in einen Hinterhalt gelockt und dann mit einem Stein erschlagen", antwortete der Anführer.

„Was", schrie Simone jetzt, „der Kerl wollte sich an mir vergehen. Er hat mich überfallen, als ich mich vor ihm versteckt habe."

„Du gibst also zu, dass du ihn erschlagen hast"

„N.. nein", stotterte Simone," ich habe ihn nur niedergeschlagen."

„Und nun ist er tot", erklärte der Dragoner nüchtern.

„Daran bin ich unschuldig", schrie Simone jetzt voller Verzweiflung.

„Das werden wir alles klären, du musst mitkommen".

„Das wird sie nicht", meldete sich Marcel, „sie geht mit uns".

„Willst du dich widersetzen," brüllte jetzt wieder der Truppführer und stieß dem Färber hart vor die Brust, dass dieser zwei Schritte zurücktaumelte.

„Und ob". Marcel ging auf ihn los. Niemand hielt ihn zurück. Allerdings hatte auch niemand bemerkt, dass einer der drei anderen Berittenen bereits den Säbel gezogen hatte und dann blitzschnell vom Pferd herunter dazwischenschlug, ehe Marcel einen Hieb landen oder ausweichen konnte.

Der Säbelhieb traf ihn seitlich am Kopf, glitt herab, schnitt ihm ein Ohr ab und drang tief in die Schulter. Marcel stürzte auf die Knie. Alles war voller Blut.

Simone schrie, diejenigen, die es sahen brüllten andere drängten nach, einige wichen zurück, es war ein großes Durcheinander, aber der Weg war so schmal, dass niemand zur Hilfe oder Verstärkung kommen konnte.

Marcel griff sich an den Kopf und starrte ungläubig auf seine blutverschmierte Hand und stützte dann endgültig zu Boden.

Unter dem Schutz der anderen Dragoner griff der Anführer nach Simone, die sich über den schwer verletzten Marcel beugte, fesselte geschickt ihre Hände und warf sie, obwohl sie sich heftig wehrte, bäuchlings über sein Pferd vor den Sattel. Das hob den Kopf, blieb jedoch stehen. Behände sprang der Dragoner auf das Tier, hielt Simone vor sich eisern fest, wendete auf der Stelle, das Pferd stieg bedrohlich für die Umstehenden in die Höhe und galoppierte auf dem schmalen Weg zurück. Simone schrie und zappelte, bis sie einen Schlag auf den Kopf bekam und schlaff an beiden Seiten des Pferdes hinunterhing wie ein Wintermantel zum Trocknen. Henrie und Johann und einige andere rissen die Kinder aus dem Weg, Guillaume Leclerc und seine Frau Carla standen im Weg, Guillaume stürzte in die Dornen, riss seine Frau mit und schließlich war der Weg für die Dragoner frei. Sie preschten

davon. Mit ihnen Simone.
Erst langsam verstand auch der letzte der Flüchtlinge, was eben gerade geschehen war. Alle waren völlig aufgeregt, einige mühten sich um den sterbenden Marcel. Helfen konnte ihm niemand mehr. Er verlor sein Blut. Es sickerte haltlos in den Boden. Marcel starb mit vor Entsetzen geweiteten Augen, als wolle er noch begreifen, was geschehen war. Der Tod kam so unfassbar plötzlich. Eben war er noch munter marschiert und nun lag er reglos am Boden. Alle schwiegen.
„Nehmt ihn auf", sagte Isaac Lacroix schließlich. Als Bürgermeister übernahm er die Initiative.
Vier Männer ergriffen je ein Bein und einen Arm und trugen ihn zu einer Stelle, an der der Weg sich weitete und legten ihn hier in das Gras.
Pastor Glanz sprach ein Gebet.
Die ganze Gemeinde schwieg, niemand sagte etwas.
„Wir müssen ihn hier bestatten", meldete sich sichtlich betroffen Pastor Glanz. „Wir können ihn nicht mitnehmen".
Nun trat jemand in die Mitte der Umstehenden und stimmte einen Psalm an.
„Wer unter dem Schirm des Höchsten sitzt und unter dem Schatten des Allmächtigen bleibt, der spricht zu dem Herrn: ...", jedoch ehe er weitersprechen konnte trat Louis Dupont vor und sagte:
„Ich kann es so nicht belassen. Kein Psalm, kein frommer Gesang und keine Trostsprüche können Marcel zurückbringen. Ich trauere um ihn, genauso wie ihr, jedoch ist es ebenso wichtig, dass wir Simone aus den Fängen der Soldaten befreien. Sie lebt schließlich noch. Sie wird im Tour de Constance in Aigues-

Mortes auf ewig gefangen gehalten, wenn wir sie nicht befreien können. Ich habe meine Frau verloren, es war meine Schuld, dass wir verunglückten und sie gestorben ist."
Einige murmelten, wer genau hinhörte, konnte ein „nein, nein, so war es nicht" heraushören.
„Ich werde mich auf den Weg machen, Simone suchen und sie befreien. Ich weiß noch nicht wie, aber ich werde es schaffen. Ihr müsst schnell weiter und euch verstecken".
Seine Tochter Elisabeth schrie auf und rannte auf ihn zu. Ihr Hund Ede folgte ihr und winselte.
Louis fiel auf die Knie und nahm die kleine Elisabeth fest in seine Arme. Sie schluchzte und weinte herzzerreißend.
„Papa, ...Papa".
„Elisabeth, ich habe es mir überlegt, du bleibst so lange bei Fabienne und Lisette, wenn Isaac und Jasmine es erlauben." Er schaute sich nach beiden um, Jasmine nickte stumm.
„Du musst verstehen, dass sich jemand um Simone kümmern muss. Ich habe den Glauben an Gott verloren, seit deine Mutter tot ist. Mir wird in Frankreich nichts geschehen. Ohne Gewissensprobleme kann ich an einer Messe teilnehmen. Ich bin mit auf diese Reise gegangen, weil ich meine Freunde nicht verlieren wollte. Nun ist eine andere Situation. Ich muss für einen Menschen, den ich sehr schätze an einer anderen Stelle einstehen. Simone braucht meine Hilfe. Für jeden anderen würde ich das Gleiche tun."
Mühsam löste er Elisabeth aus seinen Armen und erhob sich.
Er trat auf Isaac Lacroix zu.
„Hier, nehmt meinen Lederbeutel. Er enthält den Erlös meines kleinen Vermögens. Setzt es sinnvoll ein auf eurer Flucht. Ihr

braucht es mehr als ich."
Er zwang dem Bürgermeister den Lederbeutel in die Hände.
Isaac sträubte sich, Louis meinte es jedoch so ernst, dass Isaac nicht weiter protestierte.
Die Beratungen zogen sich noch ein wenig hin, am Ende jedoch stand fest, dass Louis sich augenblicklich auf die Suche nach Simone machen würde, um ihre Spur nicht zu verlieren.
Lisette und Fabienne kümmerten sich sogleich um die zehnjährige Elisabeth.
„Versprich mir, dass du zurückkommst", weinte Elisabeth
„Ich verspreche es", antwortete Louis. Er umarmte sie, er umarmte Jasmine, er umarmte Isaac.
„Wünsch mir Glück".
Ede winselte.

Die Beerdigung des Färbers war sachlich und kühl, trotzdem waren alle tief betroffen. Am nächsten Tag würden sie wieder aufbrechen und weitergehen. Genf war in zehn Tagen erreichbar, wenn sie sich anstrengten.
Aber gerade das war das Problem. Die beiden Alten, Guillaume und Carla Leclerc, waren durch den Sturz in das Dorngestrüpp arg angegriffen, die Kinder hatten auch nicht mehr viel Kraft.
Schließlich entschieden Henrie und Johann mit dem Handschuhmacher Abraham, Pierre Detman und Pasqual Voutat schneller vorauszugehen, in Genf Hilfe zu organisieren und dann zurückzukehren. Vielleicht konnten sie wieder einen Wagen organisieren, um die beiden Alten und einige Kinder die letzten Meilen fahren zu lassen. Die beiden Pferde und den

Esel besaßen sie noch.

In einem Gewaltmarsch könnten sie in vier Tagen in Genf sein. Sie durften aus Angst vor Überfällen die Hauptwege nicht verlassen. Anders schien es ihnen nicht möglich, ihr Ziel zu erreichen. Abgesehen von einem kleineren Kamm, den sie noch zu überwinden hatten, ging der Weg durch eine lang gezogene Ebene, lediglich kurz bevor sie Genf erreichten, würden sie noch eine schwierige Bergstrecke zu bewältigen haben. Am Lac du Bourget sollten die Wanderer sich noch einmal ein oder zwei Tage ausruhen, vereinbarten sie.

Augenblicklich gingen sie los, jedoch ohne Abraham, den Handschuhmacher. Er wollte Lisette nicht allein lassen. Wahrscheinlich entschied er sich so, um sie zu beeindrucken, dachte Henrie.

Lisette

Als Lisette im Jahr 1667 geboren wurde, waren ihre Eltern bereits einige Jahre verheiratet, denn der ersehnte Nachwuchs wollte sich zunächst nicht einstellen. Die Großmütter und Tanten fragten bei jedem Besuch, wann es denn so weit sei und die Eheleute Jasmine und Isaac wussten keine Antwort.
Umso erlösender war jedoch eines Tages der erste Schrei der kleinen Tochter, die sich von Beginn an schon prächtig entwickelte. Auch der Betrieb des Vaters Isaac brachte genug ein.
 Isaac war Bäckermeister mit einer großen Backstube, zwei Gesellen und einem Lehrjungen. Sie hatten als angesehene Handwerker gute Einnahmen und so war es nicht verwunderlich, dass aus dem Bäckermeister eines Tages der Bürgermeister wurde. Als noch eine zweite Tochter geboren wurde, vergrößerte sich auch das Familienglück. Sie nannten sie Fabienne.
Auch in Frankreich ging es für den König aufwärts. Seit einigen Jahren herrschte der junge Ludwig, der sich der XIV nannte, als selbst gemachter „Sonnenkönig" über Frankreich. Er installierte eine Hegemonialmacht in Europa, deren Auftreten bis in die kleinsten Fürstenhöfe exportiert werden sollte. Allerdings eines Tages erst. Bis dahin gab es Kriege zu führen, zum Beispiel gegen die spanischen Niederlande im Geburtsjahr von Lisette. Die Soldaten wollten verpflegt werden. Dabei konnte ein Bäckermeister behilflich sein und gutes Geld verdienen.
Weitere Kriege gab es. Nicht, dass Frankreich an allen unmittelbar beteiligt gewesen wäre. Es kämpften Polen gegen Schweden, dann Polen gegen Russland, später England,

Holland und Schweden wieder gegen Frankreich. Ob es gegen Frankreich ging oder nicht, in jedem Fall war ein Heer unter Waffen notwendig. Entweder kämpfte man gegen andere, oder dieser Kampf kam wie ein Bumerang zurück. Soldaten wurden also gebraucht und damit weitere Aufträge auch an den Bäckermeister Isaac Lacroix. Niemals hätte er es für möglich gehalten, dass dieser Staat einmal gegen ihn sein könnte. Keinen Gedanken verschwendete Isaac an eine unsichere Zukunft. Frankreich war die aufgehende Sonne in Europa und mit dem König das Volk und also auch Isaac mit seiner kleinen Familie in der Provinz.

Lisette wuchs heran. Sie war ein schönes Kind. Als sie zwölf Jahre alt war, griff eine heimtückische Krankheit nach ihr. Sie bekam Ausschlag am ganzen Körper. Die Eltern hatten dies schon einmal einige Jahre vorher bei anderen entdeckt, dieses Mal allerdings schien es schlimmer zu werden. Es griff die Krankheit nach dem eigenen Kind.

Der Hals schwoll an, Fieber, Schnupfen, trockener Husten, aufgedunsenes Gesicht, Kopf- und Bauchschmerzen kamen hinzu. Helles Licht schmerzte in den Augen. Nach etwa drei Wochen bildeten sich Schuppen auf der Haut. Die Eltern machten sich wahnsinnige Sorgen, beteten zu Gott und fragten sich nach ihren Sünden. Nach einem letzten Fieberschub verschwand die Krankheit und die Eltern waren sicher, dass es an ihrer Nähe zu Gott während der Krankheitstage gelegen hatte.

Kaum war die Krankheit vorbei, erwischte sie die Nachbarn und kam zurück und beschwerte der keinen Fabienne das Leben. Die Eltern befragten wieder Gott und beteten zu ihm erneut. Diesmal ging die Krankheit schneller vorbei und Fabienne war wieder so fröhlich und gesund wie vorher.

Der kleine Guillaume , jüngster Sohn vom Schmied, verstarb nach vierzehn Tagen an dieser rätselhaften Krankheit.

Als Lisette sechzehn Jahre alt wurde, war sie eine schöne, junge Frau geworden. Ihr selbst war es bewusst geworden, dass die Jungen, wenn sie etwas älter waren, bereits länger nach ihr blickten. Etwas scheu vielleicht, wenn sie allein waren, schon deutlich aufmerksamer, wenn sie in einer Gruppe auftraten.

Erst schauten sie, dann tuschelten sie, schließlich lachten sie und manchmal schälte sich einer aus der Gruppe, der nicht lachte, sondern sich interessierte. Das konnte Lisette zielsicher erkennen und das beruhigte sie. Sie war sich auf einmal gewiss, wer sich für sie interessierte und konnte, albern und Ernsthaftigkeit voneinander unterscheiden.

Bei einem erkannte sie ein nachhaltiges Interesse und das schmeichelte ihr. Als sie achtzehn wurde, erschien ihr gegenüber Abraham Lamienne nicht nur als Freund, sondern plötzlich wollte er mehr von ihr.

Eines Abends nach dem Pfingstgottesdienst hatte Abraham angeboten, Lisette nach Hause zu bringen. Abraham war zwölf Jahre älter als Lisette. Er war unverheiratet und hatte sich als Handschuhmacher bereits einen Namen gemacht. Lisettes Eltern kannten ihn gut und schätzten ihn. Jasmine konnte sich ihn bereits als einen Schwiegersohn vorstellen. Als sie mit ihrem Mann Isaac darüber sprach, sah er sie überrascht an und eine Weile später sah es für sie so aus, als ob er gedankenverloren durch sie hindurchschaute.

„Was schaust du so ins Narrenkästchen?", hatte sie ihn noch

gefragt. Daran erinnerte sie sich noch genau, an seine Antwort hingegen nicht.

Kurz vor ihrem Elternhaus war Abraham auf die Knie gefallen und bat sie, ihn zu heiraten.

Lisette war überrascht und kicherte verlegen.

„Oh Abraham", hauchte sie nur und entschwand im Haus.

Abraham ließ sie in versteinerter Niedrighaltung zurück.

Aber sie dachte an diese Schmeichelei. Da gab es jemanden, der sie auf einmal als Frau sah. Nicht mehr als Kind Abraham war ein Mann, der sie tatsächlich in die Welt der Erwachsenen mitnehmen könnte. Ein Mann, der in der Gesellschaft etwas bedeutete, ein Ehemann und vielleicht ein Familienvater. Familienvater, da schreckte sie zusammen. Familie bedeutete auch Kinder. Davon verstand sie nun ganz und gar nichts. Mit ihrer kleinen Schwester hatte sie schon darüber gesprochen, wie das mit den Kindern funktioniert, jedoch endete das meist in Albernheiten. Aber nachdem Lisette vor Jahren schon bemerkt hatte, dass sich ihr Körper veränderte, dass da allmonatlich mit steter Regelmäßigkeit etwas geschah, zu dem ihre Mutter lediglich bemerkte:

„Aha, ist es also so weit",

da wusste sie, dass Abraham jetzt nicht nachlassen und sie erneut befragen würde.

Das „Befragen" von Abraham empfand sie zunächst als lästig. Sie malte sich aus, wie es wäre, wenn sie ab jetzt niemand mehr von den jungen Männern bemerken würde. Das gefiel ihr jedoch auch nicht. Ihren Zwiespalt verstand sie jeden Morgen, wenn sie ihre Haare bürstete und sich weigerte unordentlich in der Bäckerei zu erscheinen, um beim Verkauf zu helfen. Sie

achtete schon auf ihre Wirkung auf Männer, andererseits, wenn sie sich zeigte, war es ihr unangenehm.
Lisette bekam einen Aufschub.
1685 verfügte Ludwig das Ende der Glaubensfreiheit. Die Familie musste fliehen. In einer solchen Zeit war an eine Heirat nicht zu denken.

Genf

Ein Mensch verändert sich durch eine Flucht. Heute noch wird geplant in vertrauter Umgebung, alles hat seinen festen Platz. Morgen schon ist alles verändert und es ändert sich bis zum Ziel täglich.
Vor seiner Flucht war Abraham der Handschuhmacher keinesfalls der Gleiche, wie nach der Ankunft am Sehnsuchtsort.
Eine Flucht muss vorbereitet werden, wollte er nicht kopflos fliehen. Jeder Flüchtling weiß, dass er vermutlich niemals wiederkehren wird. Also muss geplant werden. Das wusste auch Abraham. Sollte er etwas übersehen, kann es nachher nicht wieder gut gemacht werden. Dementsprechend kreiselten alle Gedanken immerfort um dasselbe.
Während der Flucht war dann ein gewisser Stillstand der Gedanken, wenn es durch Feindesland geht auch eine lebensnotwendige Vorsicht, ein Misstrauen vor anderen, eine Zurückhaltung bei neuen Eindrücken. Wirkliche Hilfe gibt es nicht. Es gibt immer den Versuch, sich aufeinander zu verlassen, jedoch ebenso das in sich kehren und eben sich nicht aufeinander verlassen zu können.
Was den einen quält, interessiert den anderen überhaupt nicht. Abraham interessiert brennend ein Neuanfang in Genf an der Seite von Lisette, weil er sie nun endlich heiraten will. Aber Lisette wich ihm aus, sie beschäftigte, wie sie eine familiäre Idylle mit ihrer Schwester und ihnen Eltern wiederherstellen könnte. So gibt es auch bei anderen unter Umständen diametrale Vorstellungen vom zukünftigen Leben.

Abraham wusste, was er hatte und was er wollte. Er wäre niemals nach Genf gegangen. Viel lieber wäre er in Frankreich geblieben, dageblieben, wo sein Vater und seine Mutter lebten. König Ludwig wollte sie nicht in Ruhe lassen. Er würde sie einkerkern lassen, nur ihrer Überzeugung wegen. Wenn er nicht katholisch leben wollte, musste er fliehen und mit ihm seine zukünftige Frau. Vielleicht wäre er tatsächlich geblieben, jedoch wollte Isaac Lacroix auf jeden Fall raus aus Frankreich. Dann musste Lisette natürlich mitgehen. Er war ihr Vater und bestimmte noch über ihr Leben. Auch deshalb musste ebenso Abraham folgen, wollte er sie heiraten.
Heiraten, oh ja. Das ging ihm nicht aus dem Kopf. Er war schon so weit mit Lisette vorangekommen. Hatte sie nicht auf seine Frage ob er sie ehelichen würde nicht errötend geantwortet: „Oh Abraham".
Beim Gedanken daran wurde ihm beinahe schwindelig. So dicht war er schon.
Jedoch was danach geschehen könnte, war Abraham verborgen. Von einem Alltag mit einer Ehefrau wusste er nicht das Geringste. Mittlerweile zwar dreißig Jahre alt wusste er jedoch über ein Familienleben überhaupt nichts. „Dann musst du Verantwortung übernehmen", hörte er seine Freunde sagen.
„Alles wird sich schon richten", sagte er sich selbst immer wieder.
„Andere sind auch verheiratet", kam eine innere Stimme.
Was darüber seine zukünftige Frau denken würde, wusste er nicht, wie er sich ohnehin wenig dafür interessierte, was Frauen so dachten.
Aber wie ein Blitz schoss es ihm durch den Kopf und stellte ihn

beinahe auf eine Stufe mit den Philosophen:
„Wenn Männer und Frauen so wenig Gemeinsamkeiten haben, nichts voneinander wissen und eigentlich gegenseitig aus dem Weg gehen sollten, warum hat Gott es so eingerichtet, dass sie ausgerechnet zum Erzeugen von Nachwuchs sich so nahe kommen müssen?"
Eine Antwort fand er nicht und fühlte sich plötzlich wieder alleingelassen.
Außerdem hat die Glaubensgemeinschaft als Ganzes Vorstellungen, wie es weitergehen soll. Die Gemeinde ist kleiner geworden. Von den ursprünglichen Dorfbewohnern hat letztlich nur ein Teil die Flucht nach Genf gewagt. Ein anderer Teil ist mittlerweile rekatholisiert, ein weiterer nach Holland gegangen. Nicht mehr verwurzelt will diese Gemeinschaft, umso mehr als kollektives Bewusstsein eine Gemeinschaft Gottes sein. Sie möchte ihr gottgefälliges Leben wieder aufnehmen. Jetzt nach der Flucht noch deutlicher als vorher. Alles muss wieder geregelter sein, alte Bräuche werden erneut angewandt, neues nicht zugelassen. Veränderung bedeutet Risiko. Der Tagesablauf wird gestrafft, der Ernährungsplan Ritualen unterworfen. Freitags immer Fisch, Samstag strenges fasten, Kinder sitzen nicht mit am Tisch, sie stehen; wie vor einhundert Jahren.
Da ist es leicht, sich vorzustellen, dass nicht jedes Gemeindemitglied derart orthodox leben möchte, jedoch in der Fremde erdulden Menschen diesen Zwang, trotzdem ist er ihnen als solcher bewusst.

Mit viel Mühe hatten fast alle die Stadt erreicht. Für eine

Strecke von siebzig Meilen haben sie beinahe dreißig Tage benötigt. Fünfundzwanzig Seelen waren gestartet, Marcel erschlagen, Simone verschleppt, Louis zurückgeblieben, um sie zu befreien und Guillaume Leclerc war den Strapazen nicht mehr gewachsen und nach der Rast am Lac du Bourget eines Morgens nicht mehr erwacht. Er war in jüngeren Jahren ein Goldschmied gewesen, jedoch konnte er schon länger nicht mehr arbeiten. Einem Reformierten verkauften die katholischen Kaufleuten kein Gold. Schon seit Jahren hielt er sich und seine Frau mit Reparaturarbeiten am Leben. Während der vier Wochen andauernden Strapazen bei Wasser und Brot als beinahe einzige Nahrung hatte er aufgegeben. Sein Körper hatte beschlossen: bis hier gehe ich. Keinen Schritt weiter.

Seine Frau Carla trauerte tief, machte ihm Vorwürfe, dass er sie allein zurückließ, aber sie verzieh ihm schließlich seinen Tod. Die Eile, in der sie weiterziehen mussten tat einiges dazu bei, dass die Gedanken eigene Wege gehen mussten.

Carla schloss sich der Familie des Bürgermeisters Lacroix an und verband sich mit der kleinen Elisabeth.

Elisabeth hatte nichts von ihrem Vater gehört. Ob er überhaupt noch lebte?

Vielleicht konnte man in Genf einige Informationen bekommen.

Die Stadt am See hatte etwa 12.000 Einwohner. Im Jahr 1686 kamen 28.000 Flüchtlinge. Auf einen Einwohner kamen über zwei Flüchtlinge. Genf war den Hugenotten freundlich zugetan, jedoch gab es kein Auskommen für so viele Menschen an einem Ort.

Eigentlich hatten Henrie, Johann, Pierre und Pasquale

vorgehabt als Vorhut Hilfe für die zurückbleibenden Frauen zu besorgen, um zu verhindern, dass die Strapazen sie überforderten und sie aufgeben mussten. Sie hatten es fest vor, aber in Genf angekommen, stellte sich sofort heraus, dass hier eigentlich jeder Hilfe brauchte.

Beim Versuch ein Pferd und einen Wagen zu organisieren, wurden sie ausgelacht. Niemand hatte so etwas anzubieten. Viel zu viele Menschen hatten viel zu viele Bedürfnisse. Der einzige Vorteil war, dass die Gruppe sich verkleinerte und sich besser verstecken konnte, falls es darauf ankäme. Immerhin waren sie auf der Flucht n. Es war zwar noch eine geduldete Flucht, jedoch jederzeit konnte die Stimmung umschlagen.

Henrie und Johann kehrten daher schließlich wieder um, um die Gruppe auf dem letzten Stück zu begleiten und sie sicher über die Grenze zu führen.

Es war nicht klug, alle Flüchtlinge über den gleichen Punkt an der Grenze zu führen. Die Franzosen machten sich einen makabren Scherz daraus, die Flüchtlinge auf dem letzten Stück des Weges in die Freiheit zu bedrängen und auszurauben. Die Gruppe teilte sich nochmals auf. Die Alten maskierten sich als Bettler oder arme Pilger, die Rosenkranz betend ihres Weges gingen, Henrie, Johann, Fanbienne, Lisette und auch Abraham versuchten es abseits über Schleichwege in die Schweiz zu gelangen.

Abraham empfand es als seine Verantwortung Lisette sicher zu leiten und wollte diese Aufgabe nicht alleine Johann und Henrie überlassen.

„Wir müssen uns absolut ruhig verhalten", sagte Henrie

„Was tun wir, wenn sie uns erwischen?", fragte Lisette

ängstlich.

„Sie dürfen uns einfach nicht entdecken. Mit Gottes Hilfe wird es uns gelingen.

Sie hatten für den Grenzübertritt einen warmen Abend ausgesucht. So kam jedenfalls nicht auch noch eine kalte Nacht als Feind hinzu.

Die ganze Zeit über hatten sie gehofft, dass in einer Zeit zwischen Ostern und Pfingsten die Katholiken milde gestimmt sein, ihre barmherzige Seele herauskehren und christliche Nächstenliebe empfinden würden. Dieses besonders Flüchtlingen gegenüber, die alles zurücklassen mussten. Die geflohen waren, weil sie an den gleichen Gott glaubten, der sie beschützt, nur dass sie ihn auf eine andere Art verehrten. Stattdessen schlug ihnen überall Unverständnis und Misstrauen entgegen. Es wurde ihnen unterstellt, aus wirtschaftlichen Gründen zu fliehen. Darüber musste Johann so einige Male bitter lachen. Als ob sie in ihrem Heimatdorf nicht ein gutes Auskommen gehabt hätten. Zumal Gott bereits eine Vorauswahl getroffen hatte und nur die strebsamen, arbeitsamen und erfolgreichen in sein Himmelreich ließ. Einige Male hatte Johann sich gefragt, warum Gott ausgerechnet diese Familien bestrafte. Sie waren allesamt sittsam und erfolgreich. Jedoch es nützte nichts. Sie waren schon so weit gekommen und mussten nun nur noch unbemerkt die Grenze überqueren. Keine Zeit also, über Gott nachzudenken.

Die Fünf wollten auf dem Ziehweg so lange gehen, wie es möglich war. Irgendwann, wenn sie sich der gefährlichen Grenze nähern wollten sie ausweichen und ohne Weg und Steg weiter durch den Wald ihr Ziel finden.

Während Johann gedanklich abgeschweift war, zog ihn Henrie plötzlich kräftig am Arm, welches ihm sehr deutlich machte, dass er etwas vernommen hatte, was ihm Gefahr signalisierte. Fabienne krallte sich an ihre Schwester und beide liefen einige Meter von der Straße hinweg in den Wald, hinter Henrie her, gefolgt von Abraham und Johann. Alle warfen sich hastig auf den Boden und lagen bewegungslos da. Sie lauschten. Henrie dachte schon, er hätte sich verhört, da drangen leise Stimmen an sein Ohr. Auf dem Weg, den sie gerade verlassen hatten kamen drei Burschen daher. Viel war nicht zu erkennen, nur schemenhaft erahnten die Freunde, wer sich da näherte. Nun Konnte man auch schon Stimmen vernehmen.
„Sie müssen hier irgendwo stecken", flüsterte der eine gut verständlich.
„Ich habe sie auch gehört. Wenn wir jetzt nichts mehr hören, verstecken sie sich hier irgendwo", flüsterte der andere.
„Kommt heraus ihr Hugenotten", rief plötzlich laut vernehmlich eine dritte Stimme, „und liefert euer Geld ab".
Henrie erschrak. Es war nur eine Frage der Zeit, bis sie entdeckt wären.
Henrie flüsterte zu Johann:
„Gib dich zu erkennen. Steh auf und humpele auf sie zu. Erzähl ihnen, wir wären weggelaufen, du bist gestürzt und konntest nicht folgen. Abraham und Ich werden sie umgehen, mit einem Knüppel überraschen und niederstrecken. Lisette und Fabienne sollen hier liegenbleiben. Sie werden sie hier nicht weitersuchen. ".
Johann wollte ihn aufhalten, aber er kroch leise los, um die drei Burschen von der anderen Seite anzufallen. Abraham

folgte ihm geräuschlos.

Vor die schwierige Aufgabe gestellt, sich zu ergeben und eine gute Geschichte zu erzählen, stand Johann auf und ging auf die Ganoven zu.

„Gott sei Dank, dass ich euch getroffen habe. Ich habe mich verlaufen, ich bin ein Hugenotte und will über die Grenze nach Genf. Könnt ihr mir erzählen, wo ich langgehen muss?". Das konnte er wohl schlecht sagen. Die drei würden über ihn herfallen, vielleicht totschlagen und dann ausrauben.

Aber er sagte genau das.

Er humpelte auf sie zu und ließ sie keine Fragen stellen. Er redete auf sie ein und verblüffte sie mit seinem Redeschwall.

„Wir sind eine größere Gruppe, die anderen sind weggelaufen, ich bin hinterhergerannt, dann gestürzt und konnte nicht folgen.. Aber ich glaube, dass sie in die falsche Richtung gelaufen sind. Sie kommen gewiss gleich zurück. Daher wäre es gut, wenn ihr mir die richtige Richtung zeigen könntet."

Einer der drei starrte ihn mit offenem Mund an und deutete mit einer schlaffen Handbewegung in eine Richtung. Sein Kamerad schlug ihm die Hand herunter und rief zu Johann:

„Wohin sind sie denn gelaufen?"

Johann zeigte in Richtung der anderen Wegeseite, weg von den beiden Mädchen. Er versuchte sie darauf zu konzentrieren, denn Henrie und Abraham würde mit Knüppeln, die sie noch suchen und finden mussten den Weg entlangkommen.

Johann schwitzte.

„Oh, da kommen sie ja zurück", rief er und zeigte in eine Richtung, die er für gefahrlos hielt.

In dem Augenblick betrat Henrie die Bühne. Wie aus dem

Nichts erschien er und drosch auf den größten der drei mit einem dicken Knüppel ein. Dieser war komplett überrascht und sackte sofort zusammen. Henrie drehte sich um und griff die verbleibenden Zwei von vorne an, wirbelte mit der Keule um sich, traf auch ein oder zweimal.
Abraham war ihm in einigem Abstand gefolgt und drosch nun ebenfalls auf die Räuber ein.
„Da kommt noch einer", rief einer der Räuber entsetzt, als er bemerkte, dass sie ganz schön in Bedrängnis kamen.
Johann konnte es deutlich an einem knacken hören, dass auch er getroffen hatte. Knochen oder Holz, das war nicht zu unterscheiden. Dabei brüllten beide wie ein ganzes Regiment. Ein Bursche war noch übrig. Dieser wandte sich zur Flucht, prallte gegen Johann, der ihn packte und zu Boden warf. Jetzt kamen Lisette und Fabienne aus dem Unterholz und drei Ganoven dachten, eine größere Gruppe hätte sie nun in ihrer Gewalt. In der Dunkelheit war nicht so viel zusammenhängendes zu erkennen. Henrie hieb noch einige Male nach und die Drei lagen reglos am Wegesrand.
„Schnell, wir müssen sie entkleiden, dann können sie uns nicht folgen", raunte Henrie und begann dem einen bereits den Wams auszuziehen,
„Los Fabienne, hilf mit" tuschelte Lisette ihr zu.
Als sie ihnen die Hosen abstreiften, kicherten sie. Die erste Begegnung mit einem nackten Mann hatten sie sich anders vorgestellt. Aber diese drei waren harmlos und ohne Bewusstsein. Außerdem ging es um das Gelingen ihrer Flucht.
Abraham und Henrie rafften die spärlichen Kleider zusammen und liefen in die Richtung, die der etwas dümmliche der drei

Räuber angezeigt hatte.
Es war kaum etwas zu sehen. Irgendwann blieben sie stehen und lauschten. Dass die Räuber sie verfolgen würden war unwahrscheinlich. Ohne Schuhe und ohne Kleider würden sie wohl auf weitere Raubzüge verzichten und froh sein, wenn sie unentdeckt in ihr Heim zurückfinden würden.
Die fünf Flüchtlinge hörten nichts verdächtiges, jedoch waren Lichter zu sehen. Sie bewegten sich vorsichtig auf die Lichter zu, hielten sich jedoch in gehörigem Abstand. Sie trauten sich nicht nachzuschauen, wer das den sein könnte.
Mittlerweile war ein Weiterkommen wegen der Dunkelheit unmöglich und so kauerten sie sich zusammen und harrten aus bis zum Morgengrauen.
Als die Sonne aufging, suchten sie die Ursache nächtlichen Lichts und entdeckten in einiger Entfernung einen festgezurrten Kahn, auf dem etwa zehn Personen ein frugales Frühstück zu sich nahmen. Sie waren in bekannter Art gekleidet. Es musste sich um Flüchtlinge handeln, die mit einem Flusskahn auf der Rhone nach Genf gelangen wollten.
Johann ging als erster auf die Gruppe zu.
„In Gottes Namen, ihr seid Flüchtlinge wie wir, dürfen wir uns euch anschließen? Wir sind in der letzten Nacht überfallen worden und müssen zu unseren Freunden, die wahrscheinlich inzwischen in Genf angekommen sind."
Nach den ersten Worten schreckte die ganze Schiffsbesatzung zusammen, als ob sie einen Überfall befürchteten. Als sie jedoch sahen, wer dort am Ufer stand, und sie anrief, beruhigten sie sich sofort, antworteten sogar mit einem Vorwurf.
„Seid ihr wahnsinnig, ihr habt sie direkt zu uns geführt", brüllte

ihr Anführer, „macht, dass ihr fortkommt".

„Sie werden nicht kommen", rief Abraham nun , „wir haben sie niedergeschlagen und ihre Kleider mitgenommen". Dabei hielt er einen Stapel Kleidung hoch. Ein Raunen ging durch die Gruppe der Flussflüchtlinge.

Lisette errötete und auch Fabienne trat von einem Bein auf das andere.

„Zwei Frauen habt ihr dabei", rief ein anderer.

„Wir können sie nicht zurücklassen. Kommt an Bord, wir legen sofort ab, in einer Meile beginnt auf der südlichen Flussseite die Schweiz. Ab dort ist die Rhone der Grenzfluss. Es ist nicht mehr sehr weit. Trotzdem können wir drei kräftige Ruderer gut gebrauchen."

Sie waren tatsächlich nicht mehr weit von der Stadt. In der Gruppe fühlten sie sich nun sicher. Sie hatten sich weiter flussabwärts diesen Kahn besorgt, um nicht weiter offen auf der Straße gehen zu müssen. Dann waren sie hauptsächlich des Nachts die Rhone aufwärts gerudert, um den Häschern aus Frankreich zu entgehen, die ihre Flucht vielleicht verhindert hätten. Ein anstrengendes Unterfangen. Die Fließgeschwindigkeit war beachtlich. Diese Nacht hatten sie ein letztes Mal eine Pause eingelegt, um genauer erkennen zu können, wann sie die Grenze zur Schweiz erreichten. Dann konnten sie das Boot verlassen und mussten den Rest des Weges nach Genf als Fußmarsch bewältigen.

Alle waren sie völlig erschöpft. Ihre Energie reichte gerade noch sich über ihre Ankunft zu freuen und gegenseitig in die Arme zu fallen.

Eine Massenankunft von Flüchtlingen führt zu zahlreichen Problemen. Zunächst ist dieser Ansturm ungeregelt. Die Verwaltung der Stadt stellt fest, dass diese Leute meist arm sind, und sieht daher die Notwendigkeit einer Zusammenarbeit zwischen allen protestantischen Staaten. Genf erklärt von Anfang an, dass niemand in der Lage ist, alle Emigranten auf ihrem Territorium aufzunehmen. Und so stimmt die reformierte Konferenz einer Lenkung und Planung zu. Mittlerweile wird ein Fünftel der Einnahmen für die Flüchtlingshilfe ausgegeben. Trotz einiger praktischer Schwierigkeiten stellt die Stadt das Prinzip der finanziellen Solidarität nicht in Frage, aber es wird überprüft, dass diese Hilfen nur auf die *Reformierten wahren Glaubens* begrenzt bleiben, denn die Armut bei Flüchtlingen führt zu allen möglichen Täuschungsmanövern: die Behörden geben zu, „dass eine große Anzahl von Personen ihr Land vielleicht eher verlassen, um der Armut zu entfliehen, als weil sie verfolgt werden".
Eine dauerhafte, wenn nicht endgültige Niederlassung bekommt nur eine Minderheit, vor allem Personen, welche eine wirtschaftliche Tätigkeit entwickeln können. Die städtischen Behörden gewähren ihnen einen Sonderstatus als Bewohner, der keine politischen Rechte beinhaltet, aber eine Art Vertrag aufstellt, der ihn an die Stadt bindet. Angenommen wird nur derjenige, welcher schriftlich erklärt, dass er nur aus religiösen Motiven kommt. Nur wenige werden auf diesem Wege zukünftige Bürger sein.
Um nicht endgültig in eine wirtschaftlich ausweglose Situation zu kommen, beschlossen die Familien des Bürgermeisters und

die Familien Voutat und Detman Genf alsbald zu verlassen. Andere wollten bleiben.

Die Unterbringung dieser Familien wird durch *öffentliche Wohnungen* gewährleistet, durch Herbergen, wobei die Kosten von den Behörden übernommen werden.

Um den Aufenthalt in der Stadt für diejenigen zu verkürzen, welche weiterziehen wollten, organisiert die reformierte Kirche ein Almosen, das von einem Pastor verteilt wird und dem Empfänger erlaubt, weiterzuziehen bis zum nächsten Ort, wo er ein neues Wegegeld erbitten kann. So wird den Flüchtlingen eine Weiterreise von einer Etappe zur anderen erleichtert und die Länge des Aufenthaltes in den Ortschaften verkürzt. Arme Leute wollte keine Gemeinde beherbergen.

Die reformierte Schweiz spielt so für die meisten Flüchtlinge die Rolle eines Übergangslandes für einige Wochen bis zu einigen Monaten: Warten auf Verwandte, auf Hilfe, auf Informationen und der Wunsch, sich nicht zu weit von Frankreich zu entfernen im Falle einer Wiederherstellung des Protestantismus. Diese Flüchtlinge sind mobil und wechseln oft ihren Wohnort, viele sind arm und die Behörden haben Mühe, das Umherirren dieser „Landstreicher und Bettler" zu kontrollieren.

Mit dem Gefühl der Sicherheit beschlossen die Familien Meisel und Godeffroy in Genf zu bleiben. Martin erhoffte als Buchdrucker hier eine Anstellung zu finden. In der überfüllten Stadt würde es einiges zu drucken geben dachte er. Vater Meisel war Tapezierer und brauchte als solcher viele Häuser und Wände.

So zerfiel die kleine Gruppe aus Le Poët-Laval und reduzierte sich auf die Familie Lacroix mit den Eltern Isaac und Jasmine, den Töchtern Lisette und Fabienne mit der adoptierten

Elisabeth und der ebenso adoptierten neuen Oma Carla. Es rechnete sich auch der zukünftige Schwiegersohn Abraham Lamienne, der Handschuhmacher zur Familie. Weiter Henrie mit seinem Vater Pierre Detman und Johann mit seinen Eltern Pasqual und Agnes Voutat.
Eigentlich hatte Pastor Glanz vorgehabt in Genf zu bleiben. Als er allerdings das Elend wahrnahm, welches Flüchtlinge erwartete, entschloss er sich, sich der kleinen Schar anzuschließen. Nicht zuletzt hatte ihn angespornt, dass er keinerlei Gewerbe ausüben konnte, welches ihn berechtigt hätte in der Stadt ein Genfer Bürger zu werden. Pastoren gab es genug.
Isaac Lacroix hatte einen anderen Plan. Er wollte nach Österreich, ins Salzburger Land. Es hieß, dass dort ein großer Bevölkerungsmangel als Ergebnis des vergangenen dreißigjährigen Religionskrieges herrschte. Die Bevölkerung war überwiegend reformiert und es klang wie ein Segen in den Ohren der drei Familien. Der Weg dorthin war allerdings um einiges schwieriger, als alles bisher erlebte.

Genf ist keine Heimat

Pastor Glanz hatte bisher deutlich zu verstehen bekommen, dass er auf einer derart langen Reise zu einem fünften Rad am Wagen verkommen konnte. Er hatte kein Handwerk erlernt, welches ihm ermöglichen könnte sich selbstständig zu ernähren, er war immerfort auf eine Gemeinschaft der Gläubigen angewiesen, die ihn trug. Andererseits musste er, sozusagen als ein „Glaubensphilosoph" immer an einer intakten Glaubensgemeinschaft arbeiten. Das tat er dann auch. Er rief seine kleine Schar zu Gottesdiensten und Gebeten zusammen, predigte zu Themen, die ihm wichtig erschienen und er nahm vorrangig einen Kontakt zu seinen Pastorenkollegen auf.
Hiervon gab es in Genf eine Menge. Beinahe jede Gruppe von Flüchtlingen aus Frankreich brachte seinen eigenen Pastor mit, waren doch schließlich die Gemeinden meist zusammen geflohen. Darin bildete die Gruppe aus Le Poët-Laval keinen Unterschied.
Auf diesem Wege gehörte er zu den am besten informierten Leuten in Genf und allemal zu den am besten informierten aus seiner Gemeindegruppe. So hatte er auch herausbekommen, wo ein solider Grundstock an Finanzen durch Almosen zu erhalten war. Er hatte nicht direkt vor, die Schweizer Eidgenossen zu betrügen, wenn auch manch einer der Vertreter der Obrigkeit es so genannt hätte, falls es ruchbar geworden wäre.
Wissen ist Macht. Das sollte er bald spüren und ausnutzen. Natürlich zum Guten für seine Schäfchen.
„Bürgermeister", diesen sprach er immer mit seinem Titel an,

die anderen nannte er beim Vornamen. Er sagte also:
„Bürgermeister, wir haben eine lange Strecke an Wegen vor uns. Wenn wir diesen steinigen und schweren Weg erfolgreich hinter und bringen wollen, müssen wir auf Gott vertrauen. Er wird uns leiten und schützen"
„Gewiss, gewiss, antwortete dieser, jedoch müssen wir uns um allerlei irdische Dinge kümmern, ehe wir losgehen und ebenso auf unserer Wanderschaft.":
Auf einmal bemerkte der Pastor, wie schnell er die Macht wieder verlieren könnte, wenn er anderen die klugen Einwände überließ.
„Deshalb muss ich mit dir reden. Mir ist bewusst, dass es neben Gottvertrauen auch andere Werte auf dieser Welt gibt." Er machte auf Isaac einen etwas unwirschen Eindruck, der wahrscheinlich daher rührte, dass der Pastor wesentlich schneller und akzentuierter sprach, als er es sonst tat.
„Ich habe Geld für unsere Weiterreise besorgt. Wir dürfen damit nicht herumprahlen, dafür ist zu viel Gesindel unterwegs. Wir müssen arm sein, aber nicht zu arm aussehen, manchmal auch umgekehrt. Unterwegs werden wir arbeiten müssen. In der Schweiz ist alles noch relativ einfach. Unsere Glaubensbrüder werden uns helfen, durch das Land zu kommen. Sie können uns nicht hierbehalten. Die Nahrungsmittel für die eigenen Leute sind knapp."
„Alle sind froh, wenn sie uns wieder loswerden", warf Isaac ein.
„Deshalb müssen wir genau planen, wie es weitergeht. Über Bern und Zürich kommen wir zum Bodensee. Und dort beginnt dann unser Spießrutenlauf. Wir müssen entweder durch Bayern oder durch Tirol."

„Die Tiroler werfen Reformierte aus dem Land, Bayern sind katholischer als der Papst". Beide lachten kurz über den Witz, Pastor Glanz kam jedoch gleich wieder zum Thema.
„In beiden Ländern werden wir uns verdingen müssen, wenn wir nicht verhungern wollen.
Wir können backen, Schuhe, Handschuhe und Hüte herstellen. Weben können wir leider nicht. Dafür fehlen unsere Webstühle. Vielleicht können wir den Bauern hierbei trotzdem aushelfen. Aber Schuhe, Handschuhe und Hüte benötigen alle.
Pasqual muss einige zur Hilfe anlernen, während wir die Schweiz durchqueren. Die Herstellung von Schuhen dauert sonst an einem Ort zu lange. Ebenso benötigen Pierre und Abraham einige Handlanger für Handschuhe und Hüte."
„Wir können nicht lange an einem Ort verweilen", sinnierte Isaac und sah nachdenklich aus. „Jedoch, die Idee ist gut. Wir produzieren einiges während unserer Reise. Viel Werkzeug brauchen wir nicht und einige Leisten für Schuhe hat Pasqual dabei, ebenso Pierre einen Holzkopf."
Beide ließen sich die Idee noch einmal schweigend durch den Kopf gehen.
„Wir sollten ein Pferd und den Esel verkaufen. Dann zusehen, dass wir zu einem leichten Fuhrwerk kommen. Wenn wir unterwegs an Stoff oder Leder kommen, können wir schon ein kleines Lager anlegen. Das ist besser, als alles Nötige an dem Ort einzukaufen, an dem wir es dann benötigen", schlug Isaac vor.
„Und wir können einige Schuhe vorproduzieren, einige Hüte und Handschuhe auch. Für Abmaße nehmen wir Henrie, Johann und eines der Mädchen."

Der Plan schien gut. Beide dachten noch eine Weile über Einzelheiten nach und mit diesen Gedanken schliefen sie in dieser Nacht einigermaßen beruhigt ein.

Andere Gedanken machte sich Abraham, der Handschuhmacher. Er konnte nicht verstehen, warum sich seine Heirat mit Lisette so hinzog. Er war vielleicht zu zaghaft an die Sache herangegangen. Vielleicht sollte er noch einmal nachdrücklich mit ihrem Vater Isaac und mit ihrer Mutter Jasmine sprechen. Niemals hatte er sich vorstellen können, dass er an seine Verheiratung strategisch herangehen müsste. Aber ebenso konnte er sich vorstellen, dass die Tatsache, dass Lisette sich immer ausweichend äußerte, eigentlich eine Absage war. Er dachte sich, dass Mädchen eben noch ein paar weitere Male gefragt werden wollten. Sozusagen wie bei balzenden Vögeln. Einmal eine Verbeugung machen, dann sein Gefieder abspreizen reichte eben nicht. Je länger er darüber nachdachte, umso weniger zeichnete sich in seinem Kopf eine Lösung ab. Aber er zweifelte nicht daran, dass wenn sie erst einmal „ja" sagen würde, beide bis an ihr Lebensende glücklich sein würden. Er dachte wie so viele: nach der Hochzeit wird alles gut. Dies war sein letzter Gedanke für heute, dann schlief er ein.

Am nächsten Morgen, nach der Morgenandacht, traf Pastor Glanz auf Pasqual und Agnes, Pierre und Abraham, nahm sie beiseite und erklärte ihnen, was er am Vorabend mit dem Bürgermeister Isaac Lacroix besprochen hatte.

Aber ganz nach der Lehre Calvins hatte er am frühen Morgen schon mit der Arbeit begonnen. Er war davon überzeugt, dass er der Einzige war, der dem Gebot stetig zu arbeiten und zu schaffen nachkommen könne. Seine Gemeindemitglieder waren zur Tatenlosigkeit verdammt. Ihrem Handwerk konnten sie nicht nachgehen.

Pastor Glanz jedoch nutzte seine guten Informationen, die er auch als Seelentröster anderer Gruppen gewonnen hatte. Er hatte herausgefunden, wo in Genf noch günstig an Leder zu kommen war. Er hatte herausgefunden, dass Genf der räumlich, terminlich und funktional aufeinander abgestimmtes Knotenpunkt von Märkten und Jahrmärkten war, welcher das ganze Land flächendeckend überspannte. Die Zentralmärkte fungierten für ihre jeweilige Region als Verteiler und Kommunikationszentren. Märkte, Jahrmärkte und Messen boten den Kaufleuten und Handwerkern als zentrale Orte und institutionelle Begegnungsstätten Orientierung.

Unter den Kaufleuten gab es wichtige ungeschriebene Gesetze. Positiv besetzt waren unter anderem Reichtum, Ehre, guter Name, Würde und Rang, Tugend, rechtmäßiger Gewinn und guter Glaube. Neben einem Gewissen, guten Handelsbräuchen und kaufmännischer Praxis waren die Reformierten aus Frankreich oder Calvinisten oder Hugenotten, wie sie neuerdings genannt worden als erstklassige Handelspartner bekannt. Sie waren sogar äußerlich gut erkennbar und verachteten Habgier, Neid, Armut, Hast, Verschwendung oder Zeitverschwendung, und Selbstbetrug ebenso wie die Kaufleute.

Da Genf durch die Fluchtbewegung völlig überbevölkert war und ebendiese Flüchtlinge einen hohen Bedarf an Kaufmannsgütern versprachen, fanden hier die wichtigsten Märkte statt. So auch am nächsten Tag ein Viehmarkt, auf dem es sicherlich Tierhäute und Leder zu kaufen gab. Und Pastor Glanz erhielt

sogar den Namen eines Verkäufers, der – so wurde ihm versichert - bestimmt ein guter Handelspartner sein könnte.
So würden sie an den Rohstoff kommen, den sie benötigten, um während ihrer langen und anstrengenden Reise Lederwaren zu produzieren.
„Wir müssen alles Geld zusammenlegen, was wir noch haben. Zwei oder drei von uns müssen es vorübergehend verwalten und gute Kaufabschlüsse machen", sprach der Pastor begeistert. „Am Ende unserer Reise teilen wir dann wieder unser übrig gebliebenes Geld auf."
„Falls etwas bleibt", grollte Agnes.
„Schweig, Weib, die Idee ist gut" grollte Pasqual Voutat zurück.
Manchmal reicht ein Einwand und seine forsche Zurückweisung, um einen Entschluss zu fassen, was für ein Plan umgesetzt werden soll!
Jedoch kam nicht viel Geld zusammen. Die kleine Reisegruppe hatte nicht viel mitnehmen können. Für einen Grundstock an Arbeitsmitteln reichte es nicht.
„Louis hat dir einen großen Teil seiner Dukaten gegeben, wir müssen auf das Geld zurückgreifen", meinte Pierre zu Isaac. Der trat vor und nickte schwer.
„Ich glaube, wir haben hier eine Notsituation und können uns angesichts unserer Lage nicht anders entscheiden. Louis würde es verstehen."
Sie alle sahen betreten zu Boden, hatten sie doch vom Verbleib von ihm und von Simone Legrand nichts mehr gehört.
Die weitere Planung nahm Gestalt an. Es wurde beschlossen, den Winter in Genf zu verbringen und die Angebote der

Glaubensbrüder anzunehmen. Man wollte so viel arbeiten wie möglich, um eine solide Basis für die Weiterreise zu schaffen. So entstanden einige Schuhe, Handschuhe, Hüte und aus Wolle mit Hand gestrickte Strümpfe.
Die Tage waren mit ausreichend Arbeit ausgestaltet. Glauben, beten und arbeiten. Sie waren überzeugt, dass Gott sie auserwählt hatte.
In den Tagen vor ihrer Abreise mussten sie sich noch einer merkwürdigen Prozedur unterziehen.
Die meisten Hugenotten waren gezwungen worden, sich in Frankreich zum Katholizismus zu bekennen. Daher mussten sie am Ende ohne Ansehen der Person in einer öffentlichen Zeremonie ihrer Schuld „bekennen" und wieder „versöhnt" werden. Nachdem sie unter Lebensgefahr aus Frankreich geflohen waren, fühlten sich Henrie und Johann ungerecht behandelt. Eine Schuld konnten sie bei sich nicht finden. Es war für sie jedoch die Bedingung für die Weiterreise. Nur so konnten sie auf Gottes Hilfe hoffen.

Anfang August waren alle Planungen erledigt, alles besprochen. Am 3. August 1687 nach dem Gottesdienst zogen sie los in Richtung Bern.
Noch rechtzeitig, denn im Jahr 1689 fiel Ludwig XIV. in die Pfalz ein und verwüstete dort viele Orte, die den Hugenotten, welche sich dort angesiedelt hatten, als neue Heimat dienten. Diese flohen nun zurück in die Schweiz, aus der sie doch gerade erst gekommen waren.

Louis

Louis war ohne den geringsten Plan losgestürzt. Er war zwar von Gott abgefallen, jedoch hatte die lebenslange Eintrichterung der calvinistischen Lehre einen Eindruck hinterlassen. Wer keinen wirtschaftlichen Erfolg hatte, war verdammt. Arm sein war eine Schande. Bei den Auserwählten war er nicht dabei. Er glühte vor Zorn, als ihm diese Gedanken kamen. An seiner Situation war er keinesfalls selbst schuld. Bis zu dem Unfall seiner Maria war er ein stetig arbeitender, von Fleiß geführter Olivenbauer gewesen. Durchaus angesehen und ein solider Geschäftspartner. Ganz plötzlich war dieses Leben zu Ende. Der verhasste König und die Katholiken wollten ihn vernichten. Er war aus der Gemeinschaft ausgeschlossen und so hatte er durchaus konsequent für sich beschlossen, sie zu verlassen und nach Simone zu suchen, wenn möglich, sie zu befreien. Wäre er in der Gemeinschaft geblieben, hätte er zwar seine Tochter Elisabeth nicht verlassen müssen, jedoch wäre er ihr kein guter, gottesfürchtiger Vater gewesen. Es schien ihm, als müsse er sich entscheiden. Er beruhigte sich darin, dass sie in Lisette und Fabienne zwei neue Geschwister finden würde. So gesehen war er der Einzige unter den Flüchtlingen, welcher sich auf die Suche nach Simone machen konnte. Ein zorniger, gottloser Mann ohne Familie, zu allem bereit.
Es gab nur einen Weg, den die Dragoner mit Simone benutzen konnten. Sie würden nicht zu ihrem eigenen Stützpunkt zurückreiten, sondern ihre Gefangene beim nächstgelegenen Stützpunkt abliefern. Dieser war in Belmont an der Rhone auf

halbem Wege zurück nach Le Poët-Laval. Sie würden einmal übernachten müssen, wenn Louis Glück hatte, dann unter freiem Himmel.
Jedoch waren die Dragoner zu Pferde verdammt schnell. Andererseits konnten sie mit Simone quer auf dem Pferd liegend nicht so problemlos reiten, wie sie es sonst gewohnt waren. Wie weit würden sie kommen?
„Die Scheißkerle werden auf jeden Fall unter freiem Himmel übernachten", sagte er zu sich selbst.
„In den kleinsten Städten sind sie nicht gerne gesehen. Nirgendwo sind Soldaten gerne gesehen. Zu viele Einquartierungen. Ich muss sie heute Nacht zu fassen bekommen. Notfalls erwürge ich sie mit bloßen Händen".
Er merkte sofort, dass ein solches Vorhaben natürlich unmöglich war. Er war kräftig und hatte ein Messer dabei. Das würde nicht reichen. Ab jetzt musste er schlau vorgehen.
Damit er nicht gleich an seiner äußeren Erscheinung zu erkennen war, riss er seinen weißen Kragen von der Jacke, warf seinen Hut mit der großen Krempe in den Wald, krempelte seine Hosenbeine zweimal um und band sich locker einen Schal aus seinem schmächtigen Gepäck um den Hals. Nicht die beste Verkleidung, aber für einen ersten Eindruck ausreichend. Eine Lederweste wäre besser.
Er war mit seinem Täuschungsmanöver gerade fertig, da sah er ein Stück des Weges entfernt auf einer lichten Wiese am Waldrand eine Gruppe von etwa 25 Männer und Frauen im Kreis sitzen und eine Pause machen. Es waren offenbar Pilger, das merkte er sofort an ihrem Äußeren. Die Männer hatten kleine Metallplaketten ihrer bisherigen Quartiere an ihren Hüten

befestigt. Er ließ sich nicht beirren, kam stracks auf sie zu und grüßte freundlich.

„Gott zum Gruße", rief er laut. „Gott zum Gruße", erreichte ihn die Antwort als Gemurmel.

„Darf ich mich einen Augenblick zu euch gesellen?", fragte Louis.

„Gerne, setz dich. Ich bin Albert, der Anführer dieser Pilgergruppe. Wohin willst du, was ist dein Ziel?"

Louis war erleichtert. Das ging einfacher, als er es sich vorgestellt hatte. Sie waren neugierig und würden es nicht außergewöhnlich finden, wenn auch er Fragen stellte.

„Ich will zu den Dragonern nach Belmont, ich werde mich dort bewerben."

„Soldaten kann der König immer gebrauchen", rief einer,

„Die Bezahlung soll gut sein", meinte ein anderer.

„Wenn du etwas eher gekommen wärst, hättest du dich den vier Reitern anschließen können, die uns vor Kurzem begegnet sind, das waren Dragoner auf dem Weg nach Belmont."

„Die kamen nicht so richtig voran, hatten eine Gefangene dabei", rief eine Frau aus dem Kreis.

„Vielleicht kannst du sie noch einholen, sie wollten über Nacht im nächsten Dorf bleiben", sagte Albert.

„Das ist eine gute Idee", antwortete Louis. „Ist das noch weit?"

„Ach was", meinte Albert, „eine gute Wegstunde noch, vor der Dämmerung kannst du es schaffen"

Albert bot ihm einen Kanten Brot und ein kleines Stück Käse an. Louis nahm es gerne. Er wollte nicht als ausgehungert gelten und so machte er sich nicht gleich über den Kanten her, hielt ihn jedoch fest in der Hand.

Es war zu spüren, wie die Pilger ihn musterten. Vielleicht blickte der eine oder andere auch misstrauisch auf ihn. Im Grunde war das eine natürliche Reaktion, dachte Louis. So reagieren die Menschen, wenn sie mit einer Gruppe auf einen Einzelnen stoßen. Trotzdem war ihm nicht wohl. Ein Gefühl, welches auch allzu oft grundlos auftritt.

„Dann will ich mich schnell auf den Weg machen. Vielleicht kann ich mich meinen neuen Kameraden gleich für die Nacht anschließen".

Er stand auf und bedankte sich für das Brot und die angenehme Gesellschaft.

Im Weitergehen dachte er darüber nach, wie freundlich Menschen doch miteinander umgehen, wenn sie nichts von ihrer jeweiligen Glaubensrichtung wissen. Sobald Gott ins Spiel kommt und man einen eigenen Umgang mit ihm gefunden hat, bricht ein Streit aus. Ein so massiver Streit, dass man aus dem Land fliehen muss, obwohl es nur einen Gott gibt. Wieder stieg Zorn und Unverständnis in ihm auf.

Jetzt jedoch würde er einen kühlen Kopf benötigen.

Das Dorf tauchte vor ihm auf und er bemerke sogleich an der Unruhe, die in der kleinen Siedlung herrschte, dass hier etwas Außergewöhnliches vorging. Nichts Weltbewegendes, jedoch für diese kleine Gemeinschaft anders als das sonstige tägliche Einerlei der Landbevölkerung. Das Leben auch in diesem Dorf war von Arbeit ab dem frühen Morgen, von Sonnenaufgang bis Sonnenuntergang geprägt. Auch durch die ständige Feldarbeit kamen die Menschen nicht viel in der Gegend herum. Sie wussten nichts von der großen, weiten Welt. Kaum jemand konnte lesen oder besaß gar Bücher, die ihm die Welt erklären oder

vor Augen führen konnten. So war es immer etwas Besonderes, wenn Fremde durchzogen. Dieses Dorf besaß neben einer Schmiede und einem Backhaus auch einen Dorfkrug, durch dessen staubige Fenster Licht auf die Straße drang. Hier würde Louis die Soldaten finden und er konnte ihnen die Geschichte erzählen, dass er auf der Suche nach Soldaten war, um sich anwerben zu lassen. Damit käme er mit ihnen ins Gespräch, sicherlich konnte auch Simone nicht weit sein.
Er holte tief Luft und trat in den kleinen Dorfkrug ein, der, wie er nebenbei bemerkte, einen gemalten bunten Hahn als Hinweis über der Tür hängen hatte. Er nahm an, dass dieser Krug wahrscheinlich irgendetwas mit „Hahn" im Namen tragen sollte.
„Willkommen im Hahn", rief ihm der Wirt zu, als er den Gastraum betrat. Louis hatte also richtig vermutet.
Es roch nach gebratenem Fleisch und abgestandenem Wein. Der Gastraum nahm die gesamte Breite des Hauses ein, in der Länge war er noch einmal abgetrennt. So entstand eine Küche, in der Topfgeklapper eine gewisse Geschäftigkeit verriet. Vor der Küche war ein kleiner Tresen montiert, um Becher, Bretter oder Teller und das Besteck abzustellen. In einer Ecke stand auf einem X – förmigen Gestell ein kleines Fass mit Wein. Ansonsten waren im Gastraum einige Tische verteilt, an denen vier bis sechs Personen sitzen konnten. An einer Querseite sah Louis eine Treppe in das obere Stockwerk. Hier waren sicherlich einige Zimmer für Gäste und die Wohnung des Wirtes und seiner Frau, einer dicken, kleinen, kugeligen Frau mit roten Bäckchen. Sie schien etwa 25 Jahre alt zu sein und sie war schwanger. Ein Umstand, der sich deutlich unter der etwas fleckigen Schürze

abzeichnete. In einer Ecke saßen die vier Dragoner, von Simone sah er nichts.

Louis ging zum Wirt und fragte ihn, ob er über Nacht hier ein Bett bekommen könne. Als der Wirt zustimmte, bestellte er einen Becher Wein, den er sogleich bekam und ging zum Tisch der vier Dragoner.

Er hoffte, dass diese ihn am Vormittag nicht erkannt hatten und setzte alles auf eine Karte.

„Guten Abend, meine Herren, mein Name ist Louis, gestattet ihr, dass ich mich zu ihnen setze?" Louis war selbstbewusst.

Das schien die Vier zu beeindrucken und so luden sie ihn mit einer einladenden Geste ein, sich zu setzen.

„Was treibt dich in diese gottverlassene Gegend?", fragte einer der Dragoner, der ihr Anführer zu sein schien.

Gottverlassen – das stimmt, dachte Louis.

„Ich bin auf dem Weg nach Belmont. Ich will zu den Dragonern und mich bewerben. Es ist gut, dass ich euch hier treffe, da könnt ihr mir schon einmal erzählen, was mich erwartet".

Und er verwickelte seine vier Tischgenossen in ein Gespräch, log über seine Herkunft und seine Person, blieb jedoch so dicht an der Wahrheit, dass er kritische Fragen beantworten und auf Nachfrage wiederholen konnte. Er gab den Zechkumpanen immer wieder eine Runde Wein aus, trank selbst jedoch nur wenig. Er achtete darauf, dass seine Zurückhaltung unbemerkt blieb. Irgendwann tat der Wein seine Wirkung und sie hatten eine ziemlich schwere Zunge.

„Ich muss nach dem Weibsbild sehen", lallte der, welchen die anderen Briache nannten. Er erhob sich schwerfällig und kramte einen Schlüssel aus seiner Hosentasche. Er wankte zum

Treppenaufgang und verschwand im oberen Stockwerk.
Louis hörte ein Gemurmel aus einem der Zimmer, einige laute Worte, kurze Zeit später kam er zurück.
„Ihr habt eine Frau versteckt? Warum das?", fragte Louis.
„Eine Gefangene", sagte Briache mit schwerer Zunge. "Die muss nach Belmont, wahrscheinlich kommt sie ins Gefängnis, ist eine Reformierte ... störrisch, will nicht konvertieren ... eigentlich schade drum ... ganz hübsch".
Louis war besorgt und erleichtert zugleich. Er hatte sie gefunden, jedoch wie sollte er sie befreien?

Sturm

Es war höchste Zeit gewesen, Genf zu verlassen. So gastfreundlich wie sich die Stadt ihnen empfohlen hatte, so armselig war die Perspektive hierzubleiben. Es würden keine besseren Zeiten kommen. Dafür erreichten immer mehr Schutzsuchende die Stadt. Es gab hier nichts, was die kleine Schar von Flüchtlingen zurückgehalten hätte, außer vielleicht die Solidarität der Bewohner und deren Empathie. Jedoch konnten sie davon nicht leben. Im August 1687 zogen sie also weiter. Ihr Ziel war Bern. Dort wollten sie überwintern, um dann im nächsten Jahr bis nach Salzburg zu kommen. Ihre Etappe bis Bern waren zwanzig Meilen. Glücklicherweise sollte ihnen die ganze Strecke als Fußmarsch erspart bleiben. Es war möglich, gegen Bezahlung mit einem Kahn ein Drittel des Weges auf dem Genfer See zu fahren. Pastor Glanz hatte seine Zeit tatsächlich gut genutzt und einen Fischer aufgetan, welcher sich bereiterklärte, die Gruppe bis nach Morges am Nordufer des Sees überzusetzen. Die Strecke würden sie bei gutem Wind in einem Tag bewältigen können, auf dem Uferweg benötigte eine Wandergruppe beinahe eine Woche.
Der Fischer Monsieur Moulard war ein großer, kräftiger Mann mit sonnengegerbter Haut. Er erwartete sie an seinem kleinen Bootshaus am Genfer Ortsausgang. Er stand auf dem Steg, an dem er sein kleines Schiff festgemacht hatte, beschattete mit der rechten Hand seine Augen und sah schon von Weitem die Gruppe auf sich zukommen. Seinem Gesicht konnte man die Skepsis ansehen und so rief er auf einige Entfernungen den

Flüchtlinge schon zu, wo er ein großes Problem sah.

„Ihr seid zu viele. Dreizehn Personen und Gepäck, noch dazu ein Hund, das hält mein Boot nicht aus. Ich muss zweimal fahren, das dauert dann natürlich länger."

„Aber Monsieur Moulard, wir haben doch alles besprochen", klagte Pastor Glanz. "Wir können doch nicht die Hälfte zurücklassen."

„Es geht nun einmal nicht, das Boot kann nur die Hälfte von euch aufnehmen … basta".

Damit stand es fest.

Isaac, Pastor Glanz, Pierre und Pasqual steckten die Köpfe zusammen und warfen bisweilen die Hände in die Höhe. Mal redeten sie laut, mal leise, am Ende ging der Bürgermeister auf den Kapitän zu.

„Gibt es noch ein zweites Boot, welches uns übersetzen könnte?", fragte er Moulard.

„Das ist nicht so einfach", wand sich der Fischer," die meisten nutzen die Zeit des Sommers, um auf Fischfang zu gehen. Im Augenblick sind die Fische am fettesten.

„Jedoch", und jetzt grinste er fast unmerklich," mein Sohn hat noch einen Kahn. Vielleicht kann der aushelfen."

„Der treibt den Preis", raunte Henrie zu Johann. Beide verfolgten aufmerksam die Verhandlungen.

Ein kurzer Wortwechsel, schließlich unter Zähneknirschen wurden sich Pastor Glanz, Bürgermeister Isaac Lacroix und der Fischer Moulard einig.

So stachen zwei Boote in See. In einem Pastor Glanz, Isaac und Jasmine Lacroix, Pierre, die kleine Elisabeth mit ihrem Hund Ede und die alte Carla mit vor Angst schlotternden Knien.

„Der Hund kommt mir aber nicht in mein Boot", rief Moulard unfreundlich.

Elisabeth begann zu weinen.

„Der Hund kommt mit", sagte Glanz mit einer Bestimmtheit, dass der Fischer zusammenzuckte und nichts weiter erwiderte.

Im anderen Boot saßen Fabienne, Henrie und Johann als gute Schwimmer, Pasquale und Agnes, Lisette und Abraham.

Es gab ein wenig Seegang, jedoch war das Wetter gut, die beiden Fischer Moulard hatten keine Bedenken und hofften, die Überfahrt in der geschätzten Zeit zu schaffen.

Ein laues Lüftchen, blauer Himmel. Es schaute friedlich aus auf dem Genfer See.

Jedoch innerhalb einer halben Stunde sind signifikante Änderungen möglich. In so einer kurzen Zeit bilden sich gerade Schauer und Gewitter. Die Bewohner von Genf beobachten die Witterung und machen sich so ihre Gedanken. Wichtig ist etwa, aus welcher Richtung der Wind kommt und wohin er dreht. Hohe Windgeschwindigkeiten entstehen dadurch, dass der Wind über dem See auf wenig Widerstand trifft.

Deshalb gibt es zwei außergewöhnliche Phänomene. Speziell im späten Sommer können Wasserhosen entstehen. Grund ist die noch warme Wasseroberfläche, die sich im Übergang zum Herbst befindet. Auffällig für den Westteil des Sees ist der Föhn, der aus den Alpen herabkommt. Der Föhn bringt warme Temperaturen, sogar freie Sicht bis ins Alpenvorland mit sich. Es können teils große Temperaturunterschiede entstehen. Betroffen ist der Bereich im gesamten Nordteil des Sees.

Der Föhn kommt zustande, wenn Luft aus dem Süden die Alpen

überströmt. Beim Aufsteigen kühlt sie ab, schließlich kann sie immer weniger Wasserdampf aufnehmen, wodurch Wolken entstehen. Es kann regnen, muss aber nicht, jedoch wenn es passiert, wird leicht ein Unwetter daraus.
Nach etwa sechs Stunden bedächtiger Fahrt bildeten sich Wolken über den Bergen. Zuerst weiß, dann grau, schließlich schwarz.
Der alte Moulard pfiff scharf auf zwei Fingern und deutete seinem Sohn nach Süden zu den Wolken.
„Was ist los?", fragte Isaac.
„Es zieht sich zusammen", antwortete der Fischer.
„Wie schlimm ist es?", wollte Agnes wissen.
Ein wenig Angst machte sich breit. Kaum jemand konnte schwimmen und eigentlich alle hatten Angst auf dem Wasser in einer solch kleinen Nussschale.
„Wir müssen damit rechnen, dass es ungemütlich wird, wir sind jedoch nicht weit vom Ufer entfernt und können, wenn es ernst wird, an Land", versicherte Moulard zuversichtlich.
Der Wind nahm zu, er steuerte dichter an das Land. Jetzt bauten sich höhere Wellen auf. Die Boote lagen durch die schwere Besatzung merklich tief im Wasser. Gischt spritzte, die vorne Sitzenden wurden unangenehm nass. Die beiden Fischer wollten jedoch nicht aufgeben. Der Plan war, sich dichter am Ufer zu halten.
„Hier kann nicht viel passieren", riefen beide durch den mittlerweile laut gewordenen Wind.
Es wurde nicht besser. Der Wind nahm zu und der alte Moulard entschloss sich auf Land zu stoßen und dann abzuwarten. Das übermittelte er durch Handzeichen auch seinem Sohn.

Von der Wasseroberfläche aus sind Untiefen oder Baumstämme kaum zu sehen. Der Grund in Ufernähe verändert sich ständig – zum Beispiel durch Strömungen oder umgefallene Bäume. Wo gestern noch viele Meter unter dem Kiel genügen Platz ließen kann heute schon ein Hindernis knapp unter der Wasseroberfläche liegen.

Etwa zwanzig Meter vom Ufer entfernt, noch jenseits der Brandung geriet das Boot urplötzlich mit dem Bug weit aus dem Wasser, legte sich mit rasender Geschwindigkeit auf die Seite, lief sofort voll Wasser und kenterte.

Alle schrien wild durcheinander, die ersten konnten sich nicht mehr halten und stürzten in das Wasser.

Niemand konnte sich lange an der Wasseroberfläche halten, denn auch die Kleidung saugte sich voll und zog sie hinab.

Sofort erkannte die Besatzung des zweiten Bootes das Problem, nahm das Segel herunter und steuerte mit der letzten Fahrt vor dem Wind auf die Havaristen zu. Die Ersten klammerten sich bereits an die Bordwand und suchten so ein wenig Halt. Langsam trieb das zweite Boot auf das Land zu. Die etwas größeren bemerkten schon Land unter den Füßen, gaben das Schiff wieder frei und griffen nach herumschwimmenden Habseligkeiten. Elisabeth klammerte sich voller Panik an Ede, der zügig an Land strampelte, auch um sein Leben kämpfend, und sie so in Sicherheit brachte.

Henrie und Johann waren als gute Schwimmer augenblicklich vom zweiten Schiff ins Wasser gesprungen, um den anderen zu helfen. Sie griffen sofort nach Isaac und Jasmine, zerrten sie in Richtung Land, ließen sie hustend im hüfthohen Wasser zurück, um sich sofort um die anderen zu kümmern, die

schreiend in das Wasser gefallen waren und obwohl nicht weit vom rettenden Land, zu ertrinken drohten. Das Boot vom alten Moulard war inzwischen gänzlich gekentert, schwamm jedoch noch schwerfällig und bot dem Pastor einen Halt.
Nur Carla war plötzlich verschwunden. In der Brandung und dahinter war nichts zu sehen. Der See war in Ufernähe aufgewühlt.
„Carla", riefen alle, die es mitbekommen hatten. Sie riefen es immer wieder. Niemand mochte denken, dass sie nicht wieder auftauchte.
Henrie und Johann schwammen noch einmal ein wenig hinaus, kehrten jedoch schnell wieder um, der See schien entfesselt, die Wellen und der Sturm drückten erbarmungslos auf das Ufer. Dennoch blieb Carla verschwunden. Blitze zuckten.
Vater und Sohn Moulard mühten sich ab, die beiden Schiffe zu bergen und fanden noch einiges an Treibgut der Flüchtlinge.
Es war für alle nicht einfach über die Kindskopf großen, teilweise scharfkantigen Steine das rettende Ufer zu erreichen. Pastor Glanz schrammte sich schmerzhaft das rechte Knie auf.
Alle waren erschöpft von der Anstrengung und der Aufregung und gelähmt von dem Entsetzen, dass Carla so spurlos ertrunken war.
Der Sturm hatte nochmals zugelegt, Hagel fiel zu Boden, es wurde dunkel wie am letzten Tag der Christenheit.
Alle warfen sich auf die Knie und beteten. Pastor Glanz warf seine Hände gen Himmel. Wie eine Antwort auf sein Flehen blitzte es und ein Donner ließ allen den Schreck in die Glieder fahren. Sie kauerten sich eng aneinander, beteten und erwarteten ihr Ende.

Sie waren am Boiron Plage angespült worden. Als das Unwetter sich beruhigte, wich die Angst vor dem Ungewissen. Allerdings wäre gewiss niemand wieder an Bord eines der Schiffe gegangen..
Die beiden Moulards hatten sie vollständig an Land ziehen können. Sie waren nicht beschädigt und so würde der Fischer und sein Sohn im Lichte des jungen nächsten Tages die Heimreise antreten.
Der nächste Tag war wieder freundlich und noch warm. Alle waren damit beschäftigt ihre Habe zu kontrollieren und zu trocknen. Beinahe alles war angeschwemmt worden, der Verlust war gering. So schnürten sie ihr Bündel und marschierten schließlich weiter in Richtung Bern.
Johann, Fabienne und Elisabeth verblieben noch eine Weile am Ufer und starrten auf das Wasser, als suchten sie nach Carla. Sie blieb allerdings verschwunden. Nichts von ihr tauchte auf. Es war ein stiller und einsamer Abschied.

Die Wege waren in schlechtem Zustand. Niemand in der Schweiz musste weite Wege zurücklegen. Das Straßennetz, wenn man es unbedingt so bezeichnen möchte, war überhaupt nicht darauf eingerichtet, das Land in seiner Gänze zu durchqueren. Kaum jemand verließ seinen Wohnort in weiterem Umkreis. Benutzt wurden Wasserwege. Schiffe auf den Seen wie dem Genfersee oder dem Bieler- oder Züricher See brachten überwiegend Waren von einem Ort zum anderen. Ausnahmsweise konnten Personen mitfahren. Auf der Aare wurden gewöhnlich Weidlinge mit Breitbug, Breitheck und flachem Boden ohne Kiel benutzt. Die auf vielen Gebirgsflüssen

eingesetzten Weidlinge maßen etwa dreizehn Meter Länge und drei Meter Breite. Sie trugen, je nach Wasserstand, Lasten von zweihundert Zentner. Das Problem bei den Personentransporten war nicht das Gewicht, sondern das Ausmaß der Schiffe, welche oft überfüllt wurden.
Flussabwärts wurden sie von zwei oder mehr Schiffsleuten mit Stehrudern gesteuert. Flussaufwärts wurde gewöhnlich getreidelt. Flussabwärts betrug die Geschwindigkeit je nach Strömung sogar manchmal zwei Meilen je Stunde, zu Fuß maß dies mehr als eine Tagesreise, flussaufwärts wohl selten mehr als eine Drittel Meile.
Jedoch flossen die Flüsse seltenst in die richtige Richtung. Selbst wenn sie es taten, konnte man den Reiseweg nur alles andere als sicher bezeichnen.
So war im September eine Hugenotten-Gruppe von 137 Menschen wegen der Trunkenheit der Seeleute gekentert, die auf der Aare in Richtung Bern unterwegs war. Nur wenige Hugenotten überlebten das Unglück.
Für die restliche Strecke vom Genfer See bis nach Bern benötigte die kleine Gruppe um Pastor Glanz noch einmal vierzehn Tage.
In der Regel schafften sie eine Meile am Tag. Mit ihrer Ausrüstung war ein schnelleres Fortkommen nicht möglich.
In Bern wurden sie von ihren Glaubensbrüdern freundlich empfangen und erhielten ein Haus für die verbleibenden zwölf Personen in der Junkerngasse zugewiesen.
Es entsprach nicht ihrer Glaubensmentalität sich lange auszuruhen. Sie wollten in Bern überwintern, richteten das Haus dafür ein und machten sich dann auf die Suche nach Arbeit.

Pierre und Abraham gewannen Kunden für Handschuhe. Fuhrleute, Ratsherren, Zimmerleute, alle brauchten im Winter einen Kälteschutz. Auch einfache Hüte konnten sie anbieten. Pasqual warb für seine Schuhe und Agnes begann wieder warme Strümpfe aus Wolle zu fertigen. Johann und Henrie erlernten das Schusterhandwerk und Hüte herzustellen und das Handschuhhandwerk von ihren Vätern. Kunden erwarben sie sofort. Sie konnten die vorgefertigten Schuhe, Hüte und Handschuhe verkaufen.

So begann ein munteres Treiben im Hause der Flüchtlinge in der Junkerngasse. Lisette, Jasmine und Agnes nähten Kleider und Schürzen, sodass man eigentlich vom Arbeitsmann bis zum Handwerksgesellen oder eine einfache Hausfrau komplett einkleiden konnte.

So etwas sprach sich herum und bis Weihnachten 1687 hatten sie schon so manchen Gulden eingenommen.

Simone

„Du musst mich von den Fesseln befreien, ich muss auf den Abtritt. Ich sitze schon seit Stunden hier oben und warte, dass einer von euch kommt".
Offensichtlich hatte keiner von den Dragonern an ein solches Bedürfnis ihrer Gefangenen gedacht und Simone zwar gefesselt, aber ansonsten unbeachtet gelassen.
Der Abtritt dieses Gasthauses war an der Außenseite der zum Gasthof gehörenden Scheune. Es war ein einfacher aus Brettern gezimmerter zugiger Anbau. Innen fand man einen Holzkasten vor, auf dem ein Brett mit einem Loch befestigt war, in das ein Holzeimer eingelassen war. Dieser hatte am unteren Ende ein kleines Loch, um dem Urin über eine steinerne Rinne nach außen, einen ungehinderten Ablauf zu gewähren. Die Feststoffe blieben im Eimer zurück und sollten regelmäßig in ein Erdloch neben dem Häuschen entsorgt werden. Der Konstrukteur dieses Abtritts erhoffte sich damit weniger Gestank, jedoch fand mancher, der ihn benutzte, dass die Überlegungen, die zu dieser Art der Beseitigung der Exkremente führten, noch nicht abgeschlossen sein dürften.
Der Abtritt lag deutlich vom Eingang des Gasthofes entfernt, wer ihn des Nachts benutzen wollte, musste ein Licht dabeihaben.
Es half nichts, der Dragoner musste Simone losbinden und sie zum Häuschen führen und sie dort bewachen.
Hierfür mussten sie die Treppe hinab und wie ein Blitz durchzuckte sie es, als sie Louis dort mit den drei anderen Soldaten

sitzen sah.
Louis reagierte zurückhaltender, als er sie bemerkte, sah sie jedoch direkt an, schüttelte unmerklich den Kopf, um ihr damit verständlich zu machen nichts zu sagen und nickte dann ebenso, welches bedeuten sollte, dass er sie befreien werde.
Und zwar sofort.
Seine drei Saufkumpane waren schon ziemlich müde und stützten den Kopf in die Hände, einer schlief längst am Tisch ein, mit dem Kopf auf der Tischplatte. Der Dritte wackelte ziemlich besinnungslos mit dem Kopf. Er saß mit dem Rücken zur Tür und konnte so nicht mitbekommen, was in der Gaststube passierte.
Die anderen Gäste nahmen überhaupt keine Notiz von dem Dragoner und der Frau. Alle waren in Gespräche vertieft.
Ob es auffallen würde, wenn er den beiden folgte?
Es war ihm gleichgültig, jedoch wahrscheinlich würde niemand einen Gedanken daran verschwenden.
Louis stand auf und ging zielstrebig zur Tür und verschwand in der Dunkelheit. Der Dragoner trug eine Laterne bei sich und der Lichtpunkt wies Louis den Weg zum Abtritt, in dem Simone gerade verschwand.
„Beeil dich", sagte der Dragoner schlapp.
„Ja, ja, eine Weile wirst du mir schon geben müssen".
In dem Augenblick trat Louis aus der Dunkelheit an den Dragoner heran. Er überragte ihn um mehr als eine Haupteslänge. Dieser blickte erstaunt, jedoch erkannte er seinen Tischgenossen und wollte gerade etwas sagen, da schlug Louis mit seiner Riesenfaust von oben auf seinen Kopf, dass er sofort zusammensackte.
„Simone, ich bin es, Louis, schnell, komm heraus, wir müssen

hier weg".

„Moment ... einen Moment", rief sie leise

Louis zog dem Dragoner die Schuhe, Wams und Hose aus und warf sie mit großem Schwung in die Dunkelheit. Das würde die Verfolger bremsen, erst bei Sonnenaufgang würden sie die Sachen wiederfinden.

Als Simone ihn sah, fiel sie ihm um den Hals.

„Gott sei Dank, ihr habt mich nicht vergessen. Sind noch weitere dabei?"

„Ich bin als Einziger gekommen, die anderen mussten weiterziehen. Komm, wir müssen sofort verschwinden", drängte er jetzt.

Sie liefen ein Stück den Weg hinunter, den Louis gekommen war und bogen dann in den Wald. Sehen konnten sie nichts. So wurden sie langsamer und gingen vorsichtig weiter und weiter. Eine Orientierung war nicht möglich, sie wollten nur weg; weg von den Häschern, die ihn erschlagen und Simone wieder einfangen würden. Nach etwa einer Stunde konnte Simone nicht mehr weiter. Sie sanken auf den Waldboden und lehnten sich gegen einen dicken Baum, einigermaßen sicher in der Annahme, dass sie hier zunächst unentdeckt bleiben würden.

Simone berichtete von der Tortur des Tages. Quer auf einem Pferd liegend war ihr ganz furchtbar schlecht geworden. Als sie immer herzzerreißender jammerte, ließen sie sie herab, machten eine Pause und anschließend gestatteten sie ihr hinter Briache auf dem Pferd zu sitzen. Nun ging es im Schritt weiter, bis zu dem Gasthof. Hier wurde sie gefesselt in ein Zimmer eingeschlossen, bekam einen Kanten Brot und einen Krug Wasser. Dann ließen sie Simone allein und betranken sich in der

Gaststätte.

„Ja, dazu habe ich sie animiert, ich wusste schon, dass du im Gasthof gefangen gehalten wirst. Ich hatte die vier Dragoner wiedererkannt."

Sie sprachen noch eine Weile und als die Rede auf Marcel kam, weinte sie leise und schlief schließlich in den tröstenden Armen von Louis ein.

Hochzeit

In Bern liefen die Geschäfte gut an. Sie konnten tatsächlich bis Weihnachten so viel Geld verdienen, dass nicht nur die Miete für das Haus pünktlich gezahlt wurde, sondern auch noch eine gewisse Summe zurückgelegt werden konnte. Obwohl sie Weihnachten nicht feierten, war es dennoch ein neuralgischer Tag. Calvin hatte zu diesem Termin seine eigene Theorie in einer Predigt bereits im Jahr 1550 kundgetan.
„Wenn ihr denkt, Jesus sei heute geboren, so seid ihr geistlose, ja geradezu kopflose Geschöpfe. Wenn ihr Gott mit einem besonderen Tag dienen wollt, so kommt das einem selbst gemachten Götzenbild gleich. Ihr sagt, dass es zur Ehre Gottes geschieht, und es geschieht zur Ehre der gottfeindlichen Mächte. Ein Tag ist nicht mehr als der andere. Wir könnten der Geburt unseres Herrn ebenso gut am Mittwoch, am Donnerstag oder irgendeinem anderen Tag gedenken. Aber wenn wir so unglückselig sind, einen Gottesdienst nach unserer Fantasie einrichten zu wollen, dann lästern wir Gott und machen einen Götzen aus ihm, so sehr wir auch alles im Namen Gottes tun."
Da die Sonntage jedoch frei waren, wurde Weihnachten am nächsten Sonntag, dem 30. Dezember nachgeholt.
Da musste noch ein wenig gerechnet werden, denn der Julianische Kalender war erst vor drei Jahren durch den gregorianischen abgelöst worden.
Am 8. März 1688 machte nun Abraham, der sich als Handschuhmacher durchaus einen Namen gemacht hatte und als der Motor des Geschäftsmodels in der Junkerngasse galt,

seiner Lisette einen Heiratsantrag. Dies geschah durchaus sittsam in Gegenwart ihrer Eltern Isaac und Jasmine Lacroix.
Abraham war nervös, Lisette hatte einen hochroten Kopf, wusste immer noch nicht, was in einer Ehe auf sie zukommen würde. Wen sollte sie fragen? Pastor Glanz vielleicht? Der würde in der Hochzeitspredigt letztendlich nur die Hochzeitsformel herbeten. Zu einem weiterführenden Gespräch konnte vielleicht ihre Mutter beitragen, die sagte jedoch lediglich:
„Das wird sich alles ergeben mein Kind".
Natürlich hatte Lisette auch mit Abraham schon zu sprechen versucht. Allerdings windeten sich beide um die Themen herum, welche doch eigentlich am meisten interessierten. Hierfür hatte Calvin keine Antworten. Dafür jedoch für andere Fragen und eben diese erbosten Lisette aufs Äußerste.
„Aber ich will doch nur dein Bestes, wir lieben uns doch", verzweifelt rang Abraham die Hände, dass seine Knöchel weiß hervortraten.
Lisette antwortete noch eine gewisse Ruhe vortäuschend:
„Das Beste, mein lieber **Schatz** hätte ich aber gerne für mich", antwortete sie schnippisch. „Ich werde dein Anhängsel sein, unfrei, keine Entscheidung treffen können, ohne dich zu fragen. Ich muss tun, was du verlangst". Sie warf ihre Näharbeit auf den Tisch und erhob sich drohend. „Es heißt, dass kollektive Weisheit Frauen immer daran gehindert hat, eine Toga zu tragen, aber war dieses Wissen nicht Jahrhunderte die Komplizin der Sklaverei?", redete sie sich in Rage.
„Aber die Ordnung ist gottgewollt", erwiderte Abraham jetzt mutiger, weil er mit Gott einen machtvollen Mitstreiter an seiner Seite zu haben glaubte.

„Das macht es ja noch schlimmer, wenn es einen Gott gibt, wird er mich um Vergebung bitten müssen", erwiderte sie verzweifelt.

Abraham schaute entgeistert drein.

„Blasphemie", murmelte er.

„Für alle meine Einwände gibt es einen Namen. Man muss ihn lediglich in den falschen Zusammenhang bringen und schon entsteht eine Verhaltensweise. Ob sie richtig oder falsch ist, wird von vorneherein festgelegt. Es könnte ja auch gut sein, über Gott nachzudenken. Wer wahrhaftig glaubt, der zweifelt auch."

„Ja willst du mich denn nicht mehr heiraten?", fragte Abraham betroffen.

Er würde in diesem Jahr zweiunddreißig Jahre alt werden. Lisette war zwölf Jahre jünger als er. Wenn er jetzt mit dem wirtschaftlichen Gutergehen nicht überzeugen konnte, würde sie vielleicht abtrünnig werden und einen anderen heiraten. In Bern gab es genug Hugenotten und wenn es sich herumspräche, dass er um ihre Hand angehalten hat und Lisette abgelehnt hätte, dann wäre dies nicht nur peinlich, weitere Bewerber würden Schlange stehen. Lisette war eine schöne Frau. Da gab es bestimmt ernstzunehmende Konkurrenz. Unter Seinesgleichen zu sein, war nicht immer gut.

Abraham hatte vor, in Bern sesshaft zu bleiben. Die Geschäfte liefen sehr gut. Ob ihm das an anderer Stelle auch gelingen würde war nicht sicher. Er wusste, dass seine erhofften Schwiegereltern weiterziehen würden. Isaac musste sich irgendwo niederlassen, wo er als Bäcker gebraucht wurde. Das war nicht einfach. Er war es gewohnt selbstständig zu arbeiten und nicht mit vielen anderen tagein tagaus nur Teig zu kneten. Er war gerade sechzig, seine Frau Jasmine sechsundfünfzig Jahre alt geworden.

Sehr spät für einen Neuanfang.

Das wusste auch Abraham. Und so hatte er vor einigen Tagen schon ein Gespräch außerhalb des Hauses mit Isaac gesucht, damit niemand lauschen konnte.

„Isaac, du weißt ja…", begann er umständlich, floskelte eine ganze Weile herum und kam schließlich zur Präsentation seiner Überlegungen.

Er bot Isaac sein Altenteil an. Er würde für Isaac und Jasmine sorgen, wenn beide ihm Lisette zur Frau gäben.

Isaac tat überrascht, was er mit einem „Ach" deutlich machte, dachte nach; jedoch nicht allzu lange.

„Lass uns das am nächsten Sonntag gemeinsam besprechen, solange werde ich mich bedenken."

Er sprach auch mit Jasmine nicht darüber, so konnte er Überraschung vortäuschen.

Nun saßen sie da und Isaac nahm den Heiratsantrag von Abraham entgegen.

Dieser wiederholte vor Lisette, Jasmine und Isaac, was er bereits mit ihm besprochen hatte, für Jasmine und Lisette waren es Neuigkeiten. Dem entsprechend schauten sie sich in der Runde um, durchaus beeindruckt. Abraham wollte eine Familie gründen und in Bern sesshaft werden.

Isaac zog eine Entscheidung bewusst etwas in die Länge. Ein wenig Ungewissheit, etwas zappeln lassen konnte nicht schaden.

„Lass uns darüber beraten", meinte Isaac mit ruhiger Stimme.

„Ich möchte ein wenig Bedenkzeit".
Abraham biss sich auf die Unterlippe und dachte nach, warum Isaac nun noch länger ‚Bedenkzeit' benötigte.

Für Lisette war es eine Schicksalsentscheidung. Sie konnte keine Einwände vorbringen, die allgemein verständlich klarzumachen waren. Ihre Schwester und natürlich Henrie, der eines Tages mit der gleichen Hochnäsigkeit für männliche Werte eintreten würde, die Alten, wie Pierre, Pasquale und Agnes, niemand würde Lisette verstehen. Am ehesten vielleicht noch der verschlossene Johann. Nicht etwa, weil er überzeugt war, dass die Standpunkte von Lisette richtig waren, aber er dachte darüber nach oder hörte wenigstens zu.
Andererseits sah sie natürlich auch, dass sie eine relative Sicherheit für ihre Eltern mit dem Ehevertrag einhandelte. Ihren Eltern verdankte sie ihre Existenz, diese haben für sie gesorgt und sie beschützt. Jetzt schien die Zeit gekommen, es ihnen zurückzugeben.

Pastor Glanz verheiratete Lisette Lacroix und Abraham Lamienne am Mittwoch, dem 4. August 1688 in den Räumen ihres Hauses in der Junkerngasse.
Als Pastor wählte er Worte, die nach alledem, was nach der Erfahrung und dem Wissen um diese Ehe wie ein Spiel mit dem Geigenbogen direkt auf Lisettes Nerven wirkte.
„Darum trösten wir uns deines Segens, dein Wort sagt: Wer eine Ehefrau findet, der findet was Gutes, er schöpft Segen vom Herrn. Ach, lieber Gott, lass uns ja in deiner wirklichen Furcht beieinander leben. Denn wohl dem, der den Herren fürchtet und große Lust hat an seinen Geboten. Der Samen

wird gewaltig sein auf Erden, das Geschlecht der Frommen wird gesegnet sein. Lass uns in unserem Ehestand Zucht und Ehrbarkeit liebhaben und dawider nicht handeln. Auf dass in unserem Hause Ehre wohne und wir einen ehrlichen Namen haben mögen. Amen"
Pastor Glanz machte eine bedeutsame Pause, schaute die Brautleute aufmerksam an.
„Es ist hier Gott selbst, der den Ehebund stiftet, in den er die Eheleute einsetzt. Entsprechend nennt er die Ehe einen heiligen, göttlichen Bund und betont, dass sie allen menschlichen Verträgen überlegen sei. In allen am Eheschluss beteiligten Parteien zeige sich das göttliche Wirken: Die Eltern des Paares unterweisen sie in den Sitten und Moral der christlichen Ehe und stimmen der Verbindung zu. Die Zeugen bestätigen die Aufrichtigkeit und Feierlichkeit des Versprechens und bezeugen die Eheschließung."
Lisette hätte schreien mögen angesichts dieser Verdrehung der Tatsachen. Nicht Gott hat diese Ehe gestiftet, sondern Abraham hat sie eingefädelt, schließlich ihre Eltern bestochen. Wenn man sie in diese Sitten und diese Moral einweisen wollte, würde man einen Fehler nach dem anderen machen.
Ihre klare Sicht der Dinge machte ihr das Leben schwer. Gleichzeitig versperrte sie den Blick auf das, was erst auf den zweiten Blick sichtbar war. Als sie darüber nachdachte, versuchte sie sich zu trösten und abzulenken.
Ihre Mutter hatte absurderweise mit ihrer Schlichtheit den Ausschlag gegeben:
„Zuerst glaubt man es geht nicht, aber nachher ist es dann doch noch ganz schön".

So sagte sie an der entscheidenden Stelle letztlich:
„Ja, ich will".

Ein Blick in die Zukunft beweist, dass ihre Fähigkeiten andere Menschen glasklar zu verstehen, auch wenn sie etwas Gegenteiliges sagten, ihr das ganze Leben erhalten blieb.
Lisette setzte es ein, wenn ihr Mann Abraham in den folgenden Jahren Geschäfte abschloss. Weil sie diese Gewissheit besaß, führte Abraham alle wichtigen Gespräche immer nur mit seiner Frau gemeinsam. Sie sezierte das Geschwafel der Meister und Kaufleute und legte Betrugsversuche offen. Dieser Umstand war ein Geschenk, verschaffte ihr Respekt und machte eigene Gedanken und ein eigenes Leben möglich. Sie saß zwar nicht im Rat von Bern, das wäre selbst für eine starke Frau, wie Lisette nicht möglich gewesen. Dennoch hatte sie regen gesellschaftlichen Kontakt und verstand es andere zu stärken, ohne diese in das gesellschaftliche Abseits zu stellen.
Es war kein Leben als dauerhaft Schwangere. Sie bekam zwei Söhne und konnte ihnen Gott sei Dank die Werte vermitteln, die sie für richtig empfand. An zwei Töchtern wäre sie verzweifelt.

Pierre, Pasqual, Agnes, Johann, Elisabeth, Fabienne und Henrie blieben noch ein gutes halbes Jahr im Haus und beschlossen im März 1689 mit dem Ziel Salzburg weiterzuziehen. Für Fabienne war es schwierig, ihre Eltern oder gar ihre Schwester zu verlassen. Aber sie wusste, dass sie in Bern an der Seite der Familie nicht bleiben konnte.
Der Abschied war tränenreich, Pastor Glanz bemüht, beiden Schwestern Trost zu spenden.

Er hatte beschlossen, die kleine Gruppe zu begleiten. Auch er sah seine Zukunft in Salzburg.

SCHICKSALE

Simone und Louis Schicksal war miteinander verknüpft. Nachdem er sie befreit hatte, mussten sie gemeinsam entscheiden, wohin sie gehen werden. Zunächst hatten sie den Wunsch in die Schweiz, nach Genf zu ziehen, den anderen hinterher. Jedoch war unklar, wie es ihnen ergangen war. Sie wussten nicht das Geringste voneinander. Sie überlegten andere Möglichkeiten und durchdachten eine Flucht aus Frankreich mit dem Schiff. Dazu war Geld vonnöten. Louis hatte das meiste seiner Barschaft den anderen zur Verfügung überlassen. Etwas besaß er noch und so schien es realistisch, einen Führer zu bezahlen, um besser geleitet das Land zu verlassen.
Jedoch war es das eine seine Flucht zu planen und vorauszudenken, etwas ganz anderes dieses Ziel dann auch zu erreichen. Man hat leicht das Gefühl, die Kontrolle über sein Leben zu verlieren, weil man nämlich keine Kontrolle hat. Das Leben hatte beide hin- und hergeworfen und sie nun zusammengewürfelt. Sie mussten stark sein, um einen Ausweg zu finden. Manchmal wich die Stärke der Verzweiflung.
Sie konnten in Frankreich nicht wieder neu anfangen. Sie konnten es auf sich allein gestellt, vermutlich nicht einmal an einem anderen Ort in einem Nachbarland. Simone verstand nur das Wenige von der Färberei, was sie von Marcel abgeschaut hatte. Ein Olivenbauer ohne Land würde es weiter im Norden auch nicht gelingen Fuß zu fassen. In dieser Situation fassten sie den einzigen denkbaren Entschluss, der ihnen vielleicht möglich erschien: Sie folgten den Spuren ihrer Gemeinschaft,

die sie kurz hinter dem Kloster Saint-Laurent-du-Pont verloren hatten. Sie mussten Genf erreichen. Und sie mussten sich verstecken, nur des Nachts wandern, tagsüber in einem Versteck verharren. Sie mussten es erreichen, von niemandem gesehen zu werden. Das jedoch nicht nur ein paar Tage, sondern einige Wochen. Außerdem mussten sie sich Nahrung beschaffen. In der warmen Jahreszeit mochte das noch einigermaßen gelingen, jedoch wenn es kälter werden würde, wie könnten sie diese Zeit dann durchstehen? Was, wenn einer der beiden krank werden würde?
Fragen, die sie nicht beantworten konnten.
Je mehr sie zu sagen hatten, desto schwerer fiel ihnen das Sprechen. Sie kamen zwangsläufig zu einem Punkt, an dem jede Spekulation sinnlos werden würde.
„Wir müssen uns ein neues Leben ausdenken. Falls wir irgendeinen menschlichen Kontakt bekommen, müssen wir eine glaubwürdige Geschichte erzählen können."
„Wen sollten wir treffen? Wir bewegen uns nur des Nachts?", fragte Simone traurig.
„Es kann immer passieren. Ein Soldat, der Pfarrer unterwegs, eine Wäscherin oder sogar ein Soldat, der Bürgermeister, ein Handwerker, der Bader, eine ..."
„Ja, ist gut, ich habe verstanden", sagte Simone.
Sie blickte leer in die Ferne. Dennoch war auch ihr klar, dass es nur so funktionieren würde, wenn sie überleben wollten. Sie mussten es schaffen. Sie schaute zu Louis. Der Blick sollte ihn auffordern, mit der neuen Lebensgeschichte anzufangen.
Louis musste schon eine Weile darüber nachgedacht haben, empfand Simone, denn er entwickelte sofort eine neue Vita für

beide.
Sie war seine Frau, nicht seine Schwester, wie sie es vorgezogen hätte. Er meinte, darüber habe er auch nachgedacht, jedoch hielt er es für sicherer, wenn sie seine Ehefrau wäre. Das würde andere Männer abschrecken.
„Worüber du so nachdenkst", meinte sie verwundert.
„Aber wahrscheinlich hast du recht."
Sie blickte vor sich in den Sand.
„In was für einer Welt wir leben!"
Louis sprach sachlich und unbewegt über seine Vorstellungen. Einige Male fragte sie nach. Wie sie miteinander umgehen sollten, falls andere dabei wären, interessierte sie.
„Förmlich, jedoch freundlich", meinte er.
„Und wir müssen uns andere Namen geben".
„Gibt es einen Ehering?", fragte sie.
„Wir tragen beide einen".
Darüber, was sie mit einem Ring verbunden hatte, sprachen weder Simone noch Louis.
Nachdem sie drei Nächte gewandert waren und die Tage versteckt ausgeruht hatten, war ihnen klar geworden, dass sie verhungern würden, wenn sie sich auf diese Art fortbewegen würden. Es gab kaum etwas zum Essen, die Nächte waren kalt und sie hatten keine warme Kleidung. So waren sie schnell erschöpft und fürchteten um ihre Gesundheit.
Sie beschlossen schließlich nach einer Arbeit Ausschau zu halten und eine längere Pause einzulegen.
Sie waren von der richtigen Annahme ausgegangen, egal in welcher einigermaßen nördlichen Richtung sie gingen, sie zwangsläufig auf die Rhone treffen müssten. Der würden sie

flussaufwärts folgen und schließlich nach Genf gelangen.
Wie so oft hatte es das Schicksal anders überlegt.

Sie schienen unentschlossen, was nun geschehen sollte. Eine Auswahl aus vielen verschiedenen Meinungen zeigte sich beiden nicht. Die letzten Tage hatten sie massiv mitgenommen. Simone war erschöpft und verzweifelt. Sie hatte sich durchaus eine Zukunft in der Fremde ausgemalt. Jetzt war Marcel tot und alles schien so sinnlos zu werden. Louis hatte sie zwar aus ihrer kurzen Gefangenschaft befreit, dennoch war er ebenso geschwächt und keine gute Stütze.
Den großen Fluss hatten sie bald gefunden. Die Rhone floss ihnen mit munterer Geschwindigkeit aus Genf entgegen. In ein Boot umzusteigen, wäre sinnlos gewesen. Louis hätte stromaufwärts rudern müssen. Da wären sie nicht sehr weit gekommen. So benutzten sie den Treidelweg. Das war ungefährlich, auf diesem Weg war nicht damit zu rechnen, dass ihnen eine Treidelmannschaft entgegenkam, denn die benutzten die Schiffe flussabwärts. Sie konnten allerhöchstens eine Treidelgruppe überholen, jedoch war der Fluss wenig befahren.
Auf der Rhone bestanden die Treidelmannschaften meist aus fünf bis sechs Personen. Einige hatten Pferde oder Esel dabei. An den Treidelstationen legten sie eine Pause ein, verpflegten sich oder übernachteten manchmal auch dort. An vielen Stationen gab es Pferde, die eingewechselt werden konnten. In einem Ringtausch gelangten sie immer weiter Flussaufwärts und schließlich vom Ziel wieder an den Ausgangspunkt. Da die Treidelstationen eine ungewisse Einnahmequelle für den Treidelwirt waren, hatten manche eine Wassermühle am Fluss selbst

oder einem Zufluss diesen Betrieb zusätzlich. Treidler waren arme Leute, die abgerissen und armselig daherkamen und so fielen Simone und Louis auch nicht weiter auf, als sie zu einem solchen Treidelwirt kamen, der dieses Gewerbe nebenher betrieb und im Haupterwerb ein Müller war.

Sie waren tagelang des Nachts am Fluss entlanggegangen und fühlten sich nun sicher nicht mehr entdeckt zu werden. Die Wassermühle lag außerhalb eines Ortes und so wagten sie sich am späten Morgen an die Mühle heran.

Der Müller war bei der Arbeit, schleppte Säcke und bediente das Mahlwerk. Auch drei Kinder waren zu sehen.

Ein leichter Wind wehte kühl, der Tag war noch jung. Die Blätter in den Buchen am Fluss raschelten, Stimmen wehren aus der Mühle herüber. Es schien ein strahlend schöner Tag zu werden.

Simone und Louis waren entschlossen, den Müller um eine Arbeit zu bitten und ein paar Tage hier auszuharren.

Die Mühle wurde vom Wasser des kleinen Zuflusses angetrieben. Alle Gebäude standen an seinem anderen Ufer, man musste eine kleine, schmale Holzbrücke benutzen, um auf die andere Seite zu kommen. Sie hatten sie gerade betreten, da öffnete sich die Tür zur Mühle, ein kleiner Junge kam herausgelaufen und gab der Tür einen Stoß, damit sie wieder zufiel.

Der Junge erblickte die Besucher und fragte mit aufgeweckter, glockenheller Kinderstimme:

„Wer seid ihr?"

„Wir sind Justine und Bernhard Palmet", antwortete Louis und benutzte die Namen, auf die er sich mit Simone verständigt hatte, zum ersten Mal.

„Ich kenne euch nicht", antwortete der Junge und verschwand sofort wieder im gegenüberliegenden Wohnhaus.
Nun erschien der Müller in der Tür.
Er hatte die Größe und Statur von Louis, jetzt Bernhard, lange Haare, die er zu einem Zopf zusammengefasst hatte und war nach der typischen Art der Müller mit weißer Hose und weißem Hemd aus Leinen gekleidet. Er blickte freundlich drein. Der erste Eindruck täuschte nicht, denn er fragte freundlich, wie soeben der Knabe:
„Wer seid ihr?"
Bernhard erklärte es ihm und fügte hinzu:
„Wir suchen Arbeit, wir sind schon eine Weile unterwegs."
Der Müller musterte sie und stellte fest, dass Bernhard und Justine einen langen Weg hinter sich hatten.
Aber er war es gewohnt, abgerissene Gestalten zu sehen, die den Treidelweg emporkamen.
„Ich bin Jérôme Lebrasse, der Müller und Treidler hier. Ich lebe hier mit meinen drei Söhnen."
„Einen von ihnen haben wir eben schon kennengelernt", unterbrach Bernhard.
„Das war Serge, mein Jüngster", antwortete der Müller.
„Indessen, ich könnte in der Tat Hilfe gebrauchen. Ich suche einen Knecht für die Mühle und die Treidelstation", er stockte und blickte Simone, jetzt Justine, an „und eine Frau für die Hauswirtschaft."
„Wir helfen gerne, sind auch für jede Arbeit bereit"
Beide Seiten schwiegen und sahen sich an.
Plötzlich kam Bewegung in den Müller.
„Kommt erst einmal herein, ihr seht hungrig aus."

In den nächsten Tagen setzten Jasmine und Bernhard nun alles daran, sich in ihrem neuen Leben zurechtzufinden. Sie freundeten sich mit den drei Söhnen des Müllers, Serge, Jacob und Jacques an. Sie erklärten vage, woher sie gekommen waren und gaben vor, nirgendwo hinziehen zu wollen, sie seien nur auf der Suche nach Arbeit.
In der Tat machten sich beide für den Müller nützlich. Er lebte hier mit seinen drei Söhnen allein, weil seine Frau kurz nach der Geburt einer kleinen Tochter mit ihr gemeinsam gestorben war.
„Das ist inzwischen ein Jahr her. Meine drei Söhne sind fleißig und helfen bereits in der Mühle aus", sagte Jérôme.
„Wie die Großen", warf der kleine Serge ein und Jacques als ältester wuschelte mit der Hand durch den wirren Lockenkopf. Alle lachten.
Allerdings lag ein Schatten auf der kleinen Runde. Die Kinder vermissten die Mutter, Jérôme seine Frau und Justine und Bernhard hatten alles verloren und konnten mit niemandem darüber sprechen. Überdies mussten sie über alles schweigen, bis sie davon ausgehen konnten, nicht mehr gesucht zu werden. Das konnte dauern.
Bernhard war groß und kräftig, er ging dem Müller so weit zur Hand, dass er eigentlich unentbehrlich wurde. Auch half er den Treidelmannschaften, wenn ein größeres Schiff an der Einmündung des Mühlflusses vorbeigezogen werden musste. Hierbei konnte es schlagartig zu kleineren Strudeln kommen, die jedoch dann gewaltig an den Leinen zog. Die vorbeifahrenden Schiffe hatten unterschiedliche Größen.

Bis zu zwanzig Pferde waren nötig, um einen schweren Transportkahn zu bewegen; bei kleineren Booten genügte meistens ein einziges Zugtier.

Manche Schiffer sah man mit Treidelpferden an Bord. Manchmal wurden Tiere der anliegenden Gehöfte, die gerade nicht zur Landwirtschaft benötigt wurden, für diese Arbeit angemietet. Den Bauern, die ihre Zugpferde – in der Regel ausdauernde Kaltblüter – gern zur Verfügung stellten, bescherte die Treidelschifffahrt einen lukrativen Zugewinn.

Bei längeren Strecken mussten ausreichende Ruhepausen für die Zugtiere eingehalten werden, was zusätzlichen Zeitaufwand und weitere Kosten für die Unterbringung der Tiere und Treidler verursachte. Jedoch waren solche Schiffe zurzeit selten. Oft hörte man den Gesang der Treidler schon eine Weile, bevor man diese angestrengten und erschöpften Menschen im engen Treidlergeschirr sehen konnte. Dieser Gesang ist eigentlich als solcher nicht zu bezeichnen. Er bestand nur aus dem immerfort wiederholten: hibei, hobei! Auf die Silben hi und ho wurde besonderer Nachdruck gelegt, hierbei jedes Mal der rechte Fuß vorgesetzt und eine Art Bergstock eingestemmt, wodurch das Nachziehen des linken Fußes, oder das Fortschreiten unterstützt wurde.

Im Herbst und Winter nahm das Treidelgeschäft ab, im Winter kam es zum Erliegen. Auch die Mühle stellte dann ihre Arbeit ein und der Müller nutzte die Zeit, um jetzt gemeinsam mit Bernhard notwendige Reparaturen durchzuführen.

Nur wenige Menschen kamen vorbei. Selbst wenn, so schöpfte niemand Verdacht, dass diese zwei neuen Arbeiter bei der Mühle von der Obrigkeit gesucht werden könnte. Es war ein normaler Umstand, dass bei Jérôme immer andere Arbeiter wohnten.

Wahrscheinlich hatte die Garnison die Suche aufgegeben. Vielleicht vermuteten sie die Flüchtigen bereits in der Schweiz.

Das Jahr 1687 begann mit heftigen Stürmen und sogar Minusgraden und Schneefall, was für diese Gegend ungewöhnlich war. Justine und die Kinder bekamen eine heftige Erkältung, mit der sie einige Wochen zu kämpfen hatten. Der Fluss war gut gefüllt und die Strömung war so stark, dass weder Treidelmannschaften vor Mai noch Mahlgäste für die Mühle vor März zu erwarten waren. Zum Weiterreisen war das Wetter viel zu schlecht. Obwohl die Schweiz nahe war, verschoben Justine und Bernhard ihre Weiterreise. Es schien ihnen sicherer, bis zum Mai zu warten.

Mitte Mai kamen die ersten Treidelmannschaften den Fluss herauf.

Der Wasserstand war noch beachtlich, der Mühlen – Zufluss lebhaft. Um über die Stromschnellen zu kommen, bedurfte es Erfahrung und Kraft. Ihrer acht schleppten mittels eines aus Hanf geflochtenen Strickes mühsam das Boot bei einigem Gegenwind, der sich mit der Strömung verbündet zu haben schien. Es schien fast eine Arbeit der Verzweiflung zu sein, die sie da verrichteten. Mit so stark vorgebeugtem Oberkörper, dass die Brust nahezu den Boden berührte, kämpften sie gegen die Gewalt der Elemente, welche das Schiff flussabwärts drängte. Die Füße der Schiffer gruben sich in den weichen Uferboden ein, und die starke Brust keuchte krampfhaft unter dem Druck des umgewundenen Seiles, welches sich tief in das

Fleisch einschnitt. Jetzt erreichten sie einen am Ufer eingetriebenen Baumstamm, woran sie das Seil befestigten. Nach einigen Minuten sauer verdienter Rast begann die Arbeit von Neuem.

Bernhard sah, dass sie Hilfe gebrauchen konnten. Sie schienen erschöpft, benötigten jedoch als Nächstes alle Kraft, um an den Strudeln der Einmündung vorbeizukommen. Er lief ins Haus, schnappte seinen breiten Brustgurt und das lange Seil und rannte zurück zum Flussufer. Hier brüllte er der Mannschaft zu, dass er helfen will und warf dem Steuermann an Bord das Seil zu. Der nahm als erfahrener Treidler die Hilfe an und befestigte das Seil so hoch wie möglich am Mast in der Schiffsmitte.

Sogleich stemmte sich Bernhard gegen den Druck des Wassers. Etwa zwanzig Schritte kam er voran, da neigte sich das Schiff auf die Landseite, so stark, dass Bernhard nach vorn taumelte, weil der Druck aus dem Geschirr, welches hoch am Mast vertäut war, genommen wurde. Die anderen zogen noch wie wild, dadurch neigte sich das Schiff noch ein wenig weiter, geriet jetzt jedoch in die Kraft des Strudels des Zuflusses und wurde unerwartet nach vorn getrieben. Sofort verloren alle anderen das Gleichgewicht und stürzten nach vorn, während Bernhard schon wieder den Druck in seinem Geschirr spürte und einige Schritte vorankam. Jetzt wurde das Schiff vollends von der Seite gepackt, trieb vom Land ab, richtete sich auf und schleuderte Bernhard einige Meter hoch und in das Wasser. Die anderen brachten sich in Sicherheit und befreiten sich aus ihren Seilen. Bernhard versuchte sich aus seinem Gurt freizustrampeln, wurde nun von dem Schiff, welches mit dem Heck auf dem Ufer festhing und den Bug mit rasender Geschwindigkeit zur Flussmitte schwenkte, mitgezogen und versank sofort auf der Flutseite unter Wasser.

Er tauchte nicht wieder auf. Innerhalb kürzester Zeit hatten die Wassernixen ihn bei sich behalten. Er war verloren.

Der Steuermann warf ein Seil über Heck an Land, um ein weiteres Abtreiben zu verhindern, zwei freie Arbeiter fingen es auf und banden es an einem nahen Baumstamm fest.

„Louis", brüllte Justine, die alle Vorsicht fahren ließ und vielleicht besser „Bernhard" gerufen hätte. Jedoch in ihrer Panik setzte der Kopf aus. Sie rannte zum Flussufer und konnte nur noch feststellen, was die anderen schon sicher wussten, Louis war ertrunken.

Als die Arbeiter sich mühten, ihn an seinem Gurt aus dem Wasser zu bergen, bemerkten sie, dass er von der Strömung erfasst, unter das Boot gedrückt worden war. Sie bargen einen völlig zerschundenen Körper.

Louis wurde unter dem Namen Bernhard Palmet katholisch beerdigt. Es war eine einsame Trauerfeier.

Als der Müller Jérôme Lebrasse und die Kinder Serge, Jacob und Jacques wieder in die Mühle zurückgekehrt waren, saßen sie gemeinsam in der Küche des Müllerhauses.

„Kinder, bitte lasst uns allein", sagte Jérôme leise.

Die Kinder standen folgsam auf und verließen den Raum.

Justine wusste, was nun als Frage im Raum stand.

„Du hast ihn <<Louis>> gerufen. Wer war er?"

Da brach Simone in Tränen aus.

„Ich heiße Simone und nicht Justine. Ich war nicht mit Louis oder Bernhard verheiratet".

Und weil sie wohl Vertrauen zu dem freundlichen Jérôme gefasst hatte, erzählte sie die ganze Geschichte. Sie erzählte von der versuchten Vergewaltigung, der Verfolgung, dem Tod von Marcel, ihrer Verhaftung, der Befreiung und der Flucht.
„Ich wollte immer zu unserer Gruppe zurückkehren und mit ihnen weiter fliehen, bis wir alle in Sicherheit wären. Mittlerweile weiß ich nicht mehr, ob ich sie überhaupt wiederfinden würde."
Sie schluchzte. Es bedeutete ihre tiefste Verzweiflung und Ratlosigkeit. Der Müller nahm ihre Hand in seine von Arbeit gezeichneten Hände und hielt sie sanft fest. Simone spürte die Geste und fühlte sich etwas mehr geborgen.

„Hochwürden, welche Ehre wird mir zuteil?", fragte der Müller einige Tage später, als er überraschend Besuch vom Pfarrer bekam.
Dieser war ein etwas dicklicher, eher kleiner Mann in den besten Jahren. Er trank gerne Rotwein und hatte schon kleine rote Äderchen, die seine Nase zierten. Besonders gut beweglich war er nicht, ihn quälten bereits einige Zipperlein und so war er froh, als er beim Müller in der Stube in dessen Sessel Platz nehmen konnte.
„Ich will gleich auf den Punkt kommen", sagte der Pfarrer.
„Seit deine Frau gestorben ist, lebst du hier draußen mit deinen Kindern allein."
„Ich kann die Mühle nirgendwo anders mit hinnehmen", entgegnete der Müller, bereits etwas ungehalten.
„Gewiss nicht, das weiß ich ja. Dass du in deiner Mühle lebst, ist nicht das Verwerfliche, jedoch lebst du noch weiterhin

unverheiratet".

„Ich habe die Richtige noch nicht gefunden", antwortete der Müller trocken, in der Hoffnung nun schon alles gesagt zu haben.

„Jedoch lebst du hier indessen mit einer Frau zusammen", entgegnete der Pfarrer. Dabei hatte er die Fingerspitzen aneinandergelegt und schaute knapp darüber hinweg den Müller an.

„Ich weiß", antwortete Jérôme.

Der Pfarrer holte tief Luft. Er wollte nicht glauben, dass der Müller nicht verstand, worauf er hinauswollte.

„Indessen", sagte er schließlich, „die Frau muss dein Haus verlassen".

Der Müller war erstaunt.

„Warum?"

„Weil es nicht statthaft ist".

„Nicht statthaft?", wiederholte der Müller

„Himmel, Herrgott, jetzt stell dich doch nicht so dämlich an. Die Frau muss weg. Du musst sie wegschicken, hier kann sie nicht bleiben unter einem Dach mit einem Witwer."

Der Müller stand von seinem Schemel auf, verschränkte die Arme vor seinem Körper und trat auf den Pfarrer zu.

Der zuckte zusammen und sein Körper spannte sich.

Jérôme sah bedrohlich aus, jedoch vertraute der Pfarrer seinem Gewandt, welches ihn als einen Mann Gottes auswies und entspannte sich wieder. Er wusste durchaus, dass seine Forderung unchristlich war. Er wusste, dass er kaum Erbarmen zeigte, wenn er eine Frau aus diesem Haus vertreiben wollte.

„Die Leute reden schon".

Der Müller schwieg eine Weile, setzte sich wieder auf seinen

Schemel, beugte sich vor, die Ellenbogen auf die Knie gestützt und sah den Pfarrer fest an.

„Dann sagt den Leuten, dass ich Justine Palmet heiraten werde".

Simone Legrand heiratete als Justine Palmet den Müller Jérôme Lebrasse und trug fortan seinen Namen. Damit verschwand ihre Vergangenheit im Strudel der Zeit. Vor einem guten Jahr war sie mit Marcel dem Färber und ihrer Tochter Elisabeth aufgebrochen.

So unendlich viel war in den paar Monaten geschehen. Marcel ermordet, Louis, der wunderbare Freund tot, seine Tochter Elisabeth weit weg. Jetzt war sie die Frau im Haus einer neuen Familie, der Mann ein Müller und Treidelwirt, die Kinder drei Knaben.

Eine Liebesheirat? Eine Zweckheirat?

Das Überleben sichern. Wie sollte sie als Frau allein durch unfreundliches Land bis nach Genf gelangen? Sicherlich, es war nicht mehr sehr weit. Zwei oder drei Wochen Fußweg vielleicht. Jedoch waren die anderen gewiss schon weitergezogen. Was sollte sie dann tun?

Und war es wirklich so schlimm, in Frankreich zu wurzeln und katholisch zu werden?

Es gab nur einen Gott und nur einen Himmel, da war sie sich sicher. Das Gebrabbel der Liturgie würde sie schon hinbekommen und bisweilen etwas beichten stellte sie sich auch nicht so schwierig vor.

Der Pfarrer dokumentierte in seinem Kirchenbuch lediglich eine Station von vielen ihres Weges:

Justine Palmet, 24 Jahre alt, Witwe, verheiratet mit Jérôme Lebrasse, 38 Jahre alt, Witwer,
Sonntag, 3. August 1687.
Ein Jahr später fügte er dem Buch hinzu:
Maria, Tochter der Justine Lebrasse, Vater Jérôme
Mittwoch, 4. August 1688.
Und im Laufe der Zeit kam es ihr immer komischer vor, aus Glaubensgründen ein Land verlassen zu wollen.

Die Ankunft in Salzburg

Pierre, Pasqual, Agnes, Johann, Elisabeth, Fabienne und Henrie und nicht zuletzt Pastor Glanz hatten einen kräftezehrenden Weg hinter sich, als sie im Sommer 1689 das Salzburger Land erreichten. In Bern noch lebte es sich ausgeglichen. Es gab keine Anfeindungen, keine Neider. Ihr Eifer wurde allgemein anerkannt.
Kaum hatten sie Bern verlassen, trafen sie wieder auf Ablehnung und Gegner. Der benachbarte Kantonshauptmann beobachtete sie argwöhnisch und gab ihnen zu verstehen, dass sie so schnell wie möglich weiterziehen sollten. Immer und immer wieder bekamen sie zu spüren, dass sie nicht willkommen waren. Ihre vorgefertigten Waren anzubieten, war praktisch nicht mehr möglich. Die Ortsansässigen neideten ihnen jedes erdenkliche Geschäft und so waren sie froh, einige Almosen zu bekommen, wenn sie in weniger feindselige Gebiete kamen. Oftmals konnte Pastor Glanz die Wogen glätten. Er strahlte eine gewisse Würde und Autorität aus. Wenn er auch aus Sicht mancher einen Irrglauben verfolgte, schützte ihn das Amt, welches er vertrat.
Die Menschen unterschieden dann doch nicht so deutlich. Gott sieht eben alles und das konnte auch ein Katholik nicht bestreiten. Da waren sich alle einig.
Allerdings wehte ihnen mancherorts ein Hass ins Gesicht, über deren Ursache sich beide Seiten nicht immer im Klaren waren. Sie waren anders als die Bewohner der jeweiligen Orte, die sie

durchqueren. Sie mussten durch sie hindurch, darum herumzulaufen war in nahezu allen Fällen unmöglich. Die Wege verliefen nun einmal so.

Es dämmerte ihnen allmählich, dass ihre Andersartigkeit sie auszumachen schien. Die Menschen achteten auf die Unterschiede, nicht auf Gemeinsamkeiten. Geschürt wurden diese Aversionen von der mittleren Obrigkeit. Die Reformierten, oder neuerdings die Hugenotten, lehnten die Obrigkeit in ihrer jetzigen Erscheinungsform ab. Sie waren es gewohnt, ihre Beschlüsse in einem Konsortium zu treffen. Diese Denkungsart beschädigte natürlich im absolutistischen Frankreich die gottgewollte Ordnung. Niederer Adel und die unterste Ebene der Geistlichkeit bekämpfte derartige Ideen mit allen Mitteln. Zunächst von der Kanzel, dann mit wirtschaftlichen Nachteilen und schließlich mit der Ausweisung.

Einmal an einem solchen Punkt angekommen, konnten sich die hier hineingeborenen Hugenotten auch keinen Abzweig erkämpfen, um im Lande bleiben zu können.

„Glaube oder Heimat", hieß es beim Grundherren, unter Kaufleuten oder im Adel. Der Adel war ohnehin lediglich eine nachplappernde Masse. Ludwig hatte als „Sonnenkönig" schon alle unter Androhung von Gewalt zwangsweise an seinen Hof geholt und teilweise unter primitivsten Bedingungen in Versailles untergebracht.

Ein einfacher Conte hatte zuhause vielleicht ein kleines Schloss und ansehnliche Ländereien. In Versailles hockte er mit einem Diener in einem zwei Zimmer Appartement.

Hier trieb sie die Langeweile um und ein weitverbreitetes Hobby war die Denunziation, der Verrat und die Verleumdung.

Wurde Ludwig etwas Verräterisches zugetragen, konnte das lebensgefährlich werden.

So passten alle in ein druckvolles System von angepassten Jasagern. Die katholische Kirche war in Frankreich am weitesten verbreitet. Das Einheitsbestreben Ludwigs aus allem Französischen eine Nation zu machen – eine Sprache, eine Währung, eine Kultur – führte natürlich zu **einem Glauben** und der war katholisch.

Das Wort „Glauben" und „Ich glaube" sind lediglich in der Aussprache gleich.

„Ich glaube, dass es morgen regnet", ist nicht gleich zu verstehen mit „Ich glaube an einen Gott".

Hinter ersterem steht eine persönliche Meinung, hinter letzterem eine beeindruckende Macht, welche die Kirche für sich zu nutzen weiß. Mit der Kirche natürlich auch alle anderen Herrschenden im Lande. Sie unterfüttert den derartigen Glauben mit angstbesetzten Eigenschaften und diese bedeuten: „Nur wer das Richtige glaubt, bekommt das ewige Leben. Ob es euch gefällt oder nicht". Für alle, denen das eigentlich egal war, wurde eine Hölle gebaut, in der man „ewig schmoren " musste. Nicht nur kein ewiges Leben, sondern auch noch heiß gesotten.

Für die Hugenotten hieß das „Rekatholisierung" oder aus dem Land verschwinden, denn eine Kritik am Absolutismus und eine Gotteslästerung konnte dieser Staat nicht dulden. Das alles galt nicht nur im Frankreich des großen Ludwig, sondern auch in den kleinen deutschen Ländern mit lauter kleinen Ludwigs.

Mit der Zeit wurde ihre Reise zu Fuß für die kleine Gruppe immer anstrengender. Sie hatten wenig zu essen und waren müde und erschöpft.

Pierre zog seine Jacke enger um sich und schaute auf die dichten Wolken, die sich über dem Gipfel des Berges zusammenzogen. Es würde bald regnen und sie waren noch weit von ihrem Ziel entfernt.
"Wir müssen uns beeilen", sagte Pasqual und beschleunigte sein Tempo.
"Das wird nicht einfach werden", antwortete Agnes und wischte den Schweiß von ihrer Stirn.
"Der Weg ist steil."
Johann trat neben sie:
"Kopf hoch, wir haben das schon öfter gemacht. Wir schaffen es auch dieses Mal."
Sie wandten ihre Blicke zu Elisabeth, deren Gesicht vor Anstrengung verzerrt war. Fabienne hatte ihren Arm um sie gelegt:
"Es tut mir leid."
Elisabeth lächelte mühsam zurück:
"Ich bin in Ordnung. Lass uns weitergehen," erwiderte sie tapfer.
Henrie trat vorsichtig voran, als er plötzlich anhielt und eine Hand erhoben hielt.
"Hört mal!" flüsterte er.
Alle verstummten sofort und lauschten in die Stille der Berge hinein.
Doch dann hörten sie es auch – ein dumpfes Rumpeln aus der Ferne, gefolgt von einem markerschütternden Knall.
"Oh mein Gott!", rief Agnes aus und begann schneller zu gehen." Was ist passiert?!"
Pierre rannte los:" Kommt alle mit!"

Mit einem Male setzte ein überaus heftiger Regen ein und dieser war lediglich der Vorbote eines Gewittersturmes, wie er nur in den Bergen vorkam.

Die kleine Gruppe rannte auf einen großen Felsvorsprung zu, um darunter Schutz vor den Regenmassen zu finden. Pastor Glanz und Elisabeth mit ihrem Hund Ede konnte kaum folgen. Ede zitterte vor Angst. Nun zuckten Blitze und ein markerschütternder Donner folgte. Ängstlich kauerte die kleine Menschenschar unter dem Felsvorsprung und blickte fasziniert auf das Schauspiel. Es gewitterte mehr als eine Stunde. Der Himmel öffnete seine Schleusen, es blitzte und donnerte. Angst und Verlorenheit empfanden sie und diese derartige Prüfung äußerst hart.

Ein Tag reihte sich an den anderen. Es waren Tage ohne Belang und ebensolche mit großen Herausforderungen.

Woher das Essen bekommen?

Waren sie bedroht?

Welches Wetter würde Morgen sein?

Es reihten sich viele unerwartete Ereignisse aneinander. Ihr Leben wurde jeden Tag auf eine neue Probe gestellt. Jedwedes, was ein geordnetes Leben möglich machen sollte, war zunächst nicht erreichbar. Vor Allem stand ein Leben in der Zukunft. Wie ein Esel hinter einer Mohrrübe stolperten sie ihren beschwerlichen Weg voran.

Pastor Glanz war mit Pierre, Pasqual, Agnes, Johann, Elisabeth, Fabienne und Henrie eine solche bunt gemischte Gruppe von Menschen, die sich auf diesen langen und beschwerlichen Weg gemacht hatten. Nach Wochen der Entbehrung hatten sie endlich das Salzburger Land erreicht. Die Reise hatte sie erschöpft und sie waren froh, endlich angekommen zu sein.

Pastor Glanz hatte sie auf ihrem Weg begleitet und war zu einem wichtigen Mentor und Freund für die Gruppe geworden. Er hatte sie ermutigt, ihren Glauben zu leben und sich nicht von den Schwierigkeiten und Widrigkeiten des Lebens entmutigen zu lassen.

Als sie schließlich im Salzburger Land ankamen, waren sie beeindruckt von der Schönheit der Landschaft. Doch ihre Freude währte nicht lange. Sie wurden schnell mit den Herausforderungen konfrontiert, die das Leben in einer fremden Umgebung mit sich bringt.

Sie mussten eine neue Sprache lernen, sich an die Kultur und die Gebräuche der Einheimischen anpassen und in einer neuen Gemeinschaft zurechtfinden.

„Glaube oder Heimat", daran dachten sie oft und manchmal fragten sie sich, ob es das alles wert war.

ELISABETH

Bei ihrer Abreise aus Bern war Elisabeth vierzehn Jahre alt gewesen. Sie musste eine bedeutende Entscheidung treffen. Ihr Vater Louis hatte ihr eine schwere Aufgabe für ihr weiteres Leben mitgegeben. Nach dem Tode des Färbers und der Entführung seiner Frau Simone hatte Louis sie wieder befreit und war bei der Flucht aus Frankreich ertrunken. Er hatte zwar versprochen zurückzukehren und Elisabeth weiter in ihr Leben zu begleiten, jedoch war allen mittlerweile klar, dass er wohl nicht wieder auftauchen würde. Er hatte Elisabeth der Familie Lacroix anvertraut, nun war Lisette verheiratet. Sie sah ihre Zukunft bei ihrer Schwester und Henrie und sicherlich ebenso in Johann. Er war fünf Jahre älter als Elisabeth und aus ihrer Sicht eines Tages sicherlich ein Mann, mit dem sie sich eine gemeinsame Zukunft vorstellen konnte.
Ob sie in ihn verliebt war? Fragte sie sich des Öfteren, ohne weiter länger nach einer Antwort zu suchen.
Glücklicherweise war die Zusammensetzung der Reisegruppe in gewissem Sinne ideal.
Pasqual und Agnes Voutta als Eltern von Johann würden einer Ehe zwischen Johann und Elisabeth nicht im Wege stehen.
Auch Pastor Glanz war eher eine Vaterfigur.
Seit ihrer Ankunft in Salzburg war bereits einige Zeit vergangen. Elisabeth war am 25. Mai 1695 zwanzig Jahre alt geworden.
Sie war noch einmal gewachsen und in alle Richtungen zu einer jungen Frau geworden. Auch Johann war das nicht entgangen.

Er war mittlerweile fünfundzwanzig Jahre alt und wie sein Vater ein Schuhmacher geworden.

Sie hatten einen kleinen Laden aufgemacht und waren als fleißig, strebsam und gottesfürchtig bekannt.

Fabienne und Henrie hatten vor einem Jahr geheiratet und es würde bestimmt in nächster Zeit ein kleiner Nachwuchs anklopfen. Henrie hatte von seinem Vater das Handwerk des Handschuhmachers erlernt und hatte sich mit seiner Werkstatt bei den Vouttas einquartiert.

Elisabeth hatte von Carla Leclerc und ihrem verstorbenen Mann, dem alten Guillaume, die Anleitung für einen Webstuhl zum Strumpfwirken bekommen. Guillaume war ein Goldschmied und damit auch ein Handwerker für Feinmechanik. Er hatte eine Bauanleitung mitgenommen, in der Hoffnung, irgendwann einen solchen Webstuhl zu fertigen und zu verkaufen. Nun war er verstorben, aber die Anleitung hatte an Wert nicht verloren.

Der alte Voutta verstand neben dem Schuhmacherhandwerk auch das Strumpfwirken, nur besaß er leider keinen Webstuhl. Elisabeth besaß jedoch eine Bauanleitung; das könnte noch hilfreich werden.

Und sie hatte die Gemeinschaft aus den Flüchtlingen, die eine Stützen sein konnte. Sie hatte den Anschluss an die Familie Voutta und Johanns besten Freund Henrie und natürlich nicht zuletzt in Fabienne eine wahre Freundin gefunden. Außerdem war sie jung, nicht dumm und hatte dennoch ein Kapital in dem Wissen, wie man eine Webstuhl bauen musste. Johanns Vater würde sie das Strumpfwirken lehren und wenn sie jetzt noch Johann heiraten würde, wäre sie sicher untergekommen.

Jedoch war Johann nicht gerade ein Draufgänger. Mit seinen fünfundzwanzig Jahren schien er unbedarft, schüchtern sogar. Sie fasste also einen Plan, ihn als Ehemann zu gewinnen.

Dabei musste sie behutsam vorgehen. Es war nicht die Aufgabe einer Frau einem Mann gegenüber deutlich zu werden. Es musste so aussehen, als ob er auf die Idee gekommen wäre, sie zu heiraten und sesshaft zu werden, selbstständig und ein Geschäftsmann zu sein.

Da kam ihr ein Umstand zu Hilfe, den sie als von Gott gesandt empfand.

Im Jahr 1695 würde nicht nur sie selbst zwanzig Jahre alt werden, sondern Johann und Henrie würden mit fünfundzwanzig Jahren volljährig sein, Johanns Eltern begingen ihren fünfzigsten Geburtstag und alle empfanden dies in ihrer eher frugalen Welt, als einen Anlass zu feiern. Es stand sogar bereits ein Termin im Herbst fest, an dem dieser Umstand mit einem Gottesdienst in den Werkstätten der Vouttas und Detmans gefeiert werden sollte. Anschließend sollte es etwas Festliches zu essen geben und man wollte sich einen freien Tag in geselliger Runde gönnen.

Obwohl es noch einige Monate bis zu dem Termin waren, gab es Grund zur Eile ihren Plan umzusetzen. Unbedachtes könnte schließlich noch dazwischenkommen.

Johann

Ein begabter Steinmetz schuf vor einigen Jahrzehnten auf dem Fischmarkt einen Brunnen. Ein quadratisches Marmorbecken, in dessen Mitte eine Marmorsäule steht, aus deren Basis vier Speier fließendes Wasser sprudeln lassen. Weitere Wasserspeier sind an den Beckenwänden vorhanden und lassen das Wasser in tiefer liegende Flachbecken rinnen. Auf der Säule steht eine Brunnenfigur, ein Furcht einflößender Wappenhüter, der in seiner Rechten drohend eine an einen Dreizack erinnernde lange Keule hält, mit seiner Linken stolz das Recht der Stadt über den Fischmarkt ausdrückende Salzburger Stadtwappen. Eine große Brunnenfigur stellt den »Wilden Mann« dar, einen Hüter des Salzburger Stadtwappens, möglicherweise den Flussgott Iuvarus, der Namensgeber der Stadt zur Römerzeit gewesen war.

Auf diesem Brunnenrand saßen in einer schönen Nacht im Mai Johann und Henrie, die anlässlich ihres Volljährigkeitsgeburtstages gemeinsam einen Krug Wein leerten.

„Wir sind beide gleich alt, jedoch bist du seit einem Jahr verheiratet. Wie geht es Fabienne und dir? Seid ihr glücklich?"

Henrie antwortete nicht direkt auf die Frage. Er wollte etwas tiefgründiger die Gelegenheit nutzen, mit Johann zu sprechen. Gerade vor zwei Tagen hatte Elisabeth nämlich mit Fabienne gesprochen und diese nun wieder Henrie die Neuigkeit erzählt, dass Elisabeth an Johann interessiert sei. Natürlich geschah dies alles unter dem Gebot der Verschwiegenheit. Aber wozu ist dieses Gebot nützlich, wenn es nicht mitunter missachtet würde? Damit dies Gebot jedoch noch zu erkennen war, mussten die Worte gut gewählt werden.

„Denkst du nicht auch daran zu heiraten?", fragte Henrie den Freund deswegen.

Jetzt war es an Johann, die Antwort abzuwägen.

Noch einmal seine ursprüngliche Frage zu stellen, schien ihm zu plump.

Sollte er jedoch sagen, nein, nein, eigentlich habe er kein Interesse, dann würde er als weltfremder Hagestolz dastehen. Außerdem sah ihm diese Antwort zu sehr nach einer Sackgasse aus.

Würde er zu erkennen geben, dass er an einer Heirat durchaus interessiert wäre, müsste er auch die Braut hierfür präsentieren können. Zumindest klänge das glaubwürdiger. Und weil der Freund etwas zu lange zögerte, schob Henrie noch einen Satz mit leicht lachender Stimme hinterher. Es klang mehr so wie hingeworfen, halb ernst, halb als Spaß gemeint, als er sagte:

„Elisabeth vielleicht?"

Johann war erstaunt und schaute Henrie mit offenem Mund an.

Eigentlich wollte er sagen:

„Wie kommst du darauf?". Jedoch sagte er:

„Woher weißt du ...?"

„Och ... ich habe lediglich geraten. So wie sie dich anschaut ... das ist mir aufgefallen."

„Ist dir so aufgefallen", wiederholte Johann langsam.

Henrie war zufrieden, niemand könnte ihn geschwätzig nennen.

Beide tranken aus ihrem Becher einen Schluck Wein.
Johann dachte einen Augenblick über Elisabeth nach. Er kannte sie als kleines Mädchen, jedoch das war sie nicht mehr. Das wurde ihm gerade ganz deutlich. Er nickte stumm und wirkte dabei abwesend.
Erst als Henrie mit den Fingern direkt vor seinen Augen schnippte, schien er wieder gegenwärtig zu sein.
„Du hast recht, ja du hast recht", sagte Johann jetzt mit fester Stimme.
Den Wunsch zu heiraten, hatte er schon eine Weile mit sich herumgetragen, wenn er sich gegenüber ehrlich sein wollte. Nur hatte er gescheut, es sich selbst gegenüber auszusprechen. Vielleicht aus Angst, dass der Wunsch dann übermächtig werden und er mit seiner zurückhaltenden Art mit den Frauen nicht vorankommen würde.
„Henrie, du hast mir die Augen geöffnet", rief er etwas zu laut vielleicht, sodass einige sich nach ihm umschauten.
„Aber ich habe doch eigentlich gar nichts gesagt", murmelte er mehr zu sich selbst.
Dabei zog er die Augenbrauen hoch und lächelte.

∞

Die beiden Freunde wussten nichts von den Überlegungen Elisabeths. Johann ging natürlich davon aus, dass es keine arrangierte Hochzeit sein würde, denn es gab einfach keinen Familienangehörigen mehr, der für Elisabeth etwas arrangieren könnte. Sie hatte dieses Arrangement selbst in die Hand genommen. Auch wenn es keine Liebeshochzeit werden würde, so würde sie auf seine diesbezüglich zu erwartende Frage mit „Ja" antworten.

Warum auch nicht? Es würde niemandem wehtun und wahrscheinlich würde es auch niemand jemals bemerken. Sie würden einander respektieren. Das konnten sie voneinander erwarten.

Die Entscheidung war gefallen. Auch wenn es keine Liebeshochzeit war, verspürte sie eine leise Vorfreude in ihrem Herzen. Seine Frage lag in der Luft, unausgesprochen, aber dennoch präsent. Sie verspürte eine stille Zuversicht, dass sie beide einander das nötige Maß an Respekt entgegenbringen würden. Und das war, in gewisser Weise, eine solide Basis.

Sie heirateten bei ihrem Familienfest am 16. Oktober 1695, einem Sonntag, der seinen Namen durch schönes, warmes Wetter und ein spätsommerliches, gelbes Licht verdiente und fügten dem Geburtstagsjubiläum einen weiteren Anlass hinzu.

Die Sonne schien golden über die Festlichkeiten, als ob sie ihren Segen über die Anwesenden ausschüttete. Der Himmel war von einem satten Blau und bot eine malerische Leinwand für den besonderen Tag.

Das Lachen der Kinder, das Klirren der Gläser und die warme Umarmung der Sonne schufen eine Atmosphäre, die Herzen öffnete. Sie fühlte sich trotz aller Zweifel von einer warmen Freude umgeben.

Es war die Hoffnung auf eine Partnerschaft, die von Verständnis und Respekt getragen war. Eine stille Übereinkunft, die sie mit jeder Stunde, jedem Tag mehr festigen wollte.

Der Geist der Feier war fröhlich und leicht. Die Gäste plauderten untereinander, alte Geschichten wurden ausgetauscht, neue Erinnerungen geformt. Es war, als hätte der Tag selbst eine Art von Magie, die alle Sorgen beiseite wischte.

Schon bald erklangen die ersten Töne der Musik, und das Paar betrat die Tanzfläche. Der Tanz war ruhig und harmonisch, ein Symbol für die Reise, die sie nun gemeinsam beginnen würden. In diesem Augenblick fühlte sie eine unsichtbare Verbindung, ein stilles Einverständnis, dass vielleicht genau so richtig war. War es das Licht des späten Nachmittags oder die wohlige Wärme der Gemeinschaft, die sie umgab? Aber als sie in die Augen ihres Mannes blickte, stellte sie fest, dass sie vielleicht ein kleines Ende von einem glücklichen weiteren Leben erwischt hatte. Ein Gefühl, das unerwartet kam, aber willkommen war, als ob es schon immer Teil von ihr war.

Und so endete der Tag, eingehüllt in die sanften Farben der Dämmerung, mit dem leisen Versprechen, das sie sich selbst gegeben hatten: einander mit Respekt und Hoffnung zu begegnen, Tag für Tag.

Ein „Ja" kann viele Bedeutungen haben. Für sie war es der Beginn einer gemeinsamen Reise, die, obwohl nicht in Leidenschaft begonnen, doch in Freundschaft und Vertrauen erstrahlen konnte. Und das, so fühlte sie, war genauso wertvoll.

Dunkle Wolken

Die Gegenreformation, das Verbot des Protestantismus und das Erstarken des Katholizismus in den nächsten Jahren machten in den österreichischen Ländern eine evangelische Existenz im Laufe der Zeit immer schwieriger und herausfordernder. Eine Möglichkeit, sich nicht der vom Landesherrn vorgeschriebenen katholischen Konfession zu unterwerfen und am protestantischen Bekenntnis festzuhalten, war die im Augsburger Religionsfrieden verankerte Möglichkeit zur Emigration.

Vor die Wahl gestellt, entschlossen sich viele Bürger und Bauern zur Emigration. Viele flohen nach Westungarn, etwa nach Ödenburg. Die meisten Kärntner, Steirer und Oberösterreicher wanderten in „das Reich" aus, vorwiegend nach Regensburg, Augsburg, Nürnberg oder nach Württemberg; die Evangelischen aus dem westlichen Niederösterreich vorwiegend in die im Dreißigjährigen Krieg Großteils entvölkerten Gebiete Frankens. Die habsburgischen Erblande erlitten durch die Emigrationen jedenfalls enormen wirtschaftlichen Schaden.

Eine Zwangsbekehrung der Lutheraner zum Katholizismus erfolgte in den habsburgischen Erblanden nur in den seltensten Fällen aus innerer Überzeugung: Vor allem in den unzugänglichen Bergbauerngebieten Oberösterreichs, Kärntens und der Steiermark blieben viele Bauern insgeheim evangelisch. Nach außen hin hielten sie die katholischen Riten ein, gingen zur Messe und gelegentlich zur Beichte, sie nahmen an Prozessionen und Wallfahrten teil; heimlich jedoch hielten sie Andachten, lasen die Bibel und Postillen oder sangen Lieder aus evangelischen Gesangbüchern. Meist konnte nur der Hausvater lesen. Unentbehrlich dazu waren im Reich gedruckte Bücher, die oft in Kraxen versteckt, über unwegsame Pässe geschmuggelt wurden, wofür freilich strengste Strafen vorgesehen waren. Wurden bei Hausdurchsuchungen verdächtige Bücher gefunden, drohte Zuchthaus, Zwangsarbeit oder Landesverweis, Denunzianten durften hingegen auf großzügige Belohnung hoffen.

Nach einer zunächst ruhigen Zeit wurde die Lage der Evangelischen in den Salzburger Landen sehr ernst, als Firmian den erzbischöflichen Stuhl bestieg. Er rief aus Bayern die Jesuiten in das Land, um mit ihrer Hilfe das evangelische Glaubensbekenntnis auszurotten.

Auf den Marktplätzen oder auf freiem Feld veranstalteten die Jesuiten große Versammlungen, zu denen alle Einwohner kommen mussten. Das Fernbleiben wurde streng bestraft. Die Ketzergerichte mehrten sich, die Kerker füllten sich, hohe Geldstrafen wurden verhängt.

Die Notwendigkeit, das Salzburger Land zu verlassen, wurden Johann und Fabienne klar, als sie einer grauenhaften Hinrichtung auf dem Marktplatz beiwohnen mussten.

Bischof Firmian hatte angeordnet, dass alle Reformierten aus ihren Häusern getrieben werden sollten, um anzusehen, wie er gedachte, in der Zukunft durchzugreifen.

Angeklagt und verurteilt wegen Ketzerei war Veith Gerolstein. Im Spätsommer des Jahres 1731 standen Johann und Elisabeth mit ihren beiden Söhnen Jakub und Friedrich verängstigt in einer großen Menschenmenge zum Zuschauen verdammt.

Zum einen hetzte ein Teil der Stadtgeistlichkeit hemmungslos von der Kanzel gegen die Reformierten und deren demokratischen Bemühungen. Zum anderen gelang es den reaktionären Kreisen zeitweise ihren größten Feind, Veit Gerolstein, zu neutralisieren, indem sie ihn als Vertreter des Rates zu den Verhandlungen hinsichtlich des Streites mit dem Bischofs zum Kaiser nach Prag entsandten. Die Erfolglosigkeit der Gesandtschaftsreisen und die ungehinderte Agitation der Gegner in Salzburg zeigten Wirkung in der Bürgerschaft gegen Veit Gerolstein, der nun als Schuldiger für die Misserfolge ausgemacht wurde.

Die wachsenden Unruhen entluden sich – gesteuert von den Patriziern und einem Teil der Geistlichkeit – bei Volksversammlungen im September 1730. Auf dem Marktplatz hatten sich die Gegner der Reformierten zusammengerottet, und auf dem Altstadtmarkt waren Veit Gerolstein und die Bürgerhauptleute mit ihren Anhängern zusammengekommen. Ein Funke genügte, den Hass der Versammelten am Marktplatz zu entzünden. Die Bürgerhauptleute und ihre Anhänger wurden gejagt, getötet oder gefangengenommen.

Bei der Flucht über die Stadtmauer brach sich Veit Gerolstein ein Bein und konnte sich nur mühsam mit fremder Hilfe unter einem Strauch nahe der Landwehr verstecken. Am nächsten Tag jedoch wurde er gefangengenommen. Es folgte ein grausames Verfahren, in dessen Verlauf Veit Gerolstein unter der Folter die vorgeworfenen Verfehlungen eingestand. Acht von zwölf Bürgerhauptleuten und zahlreiche Anhänger fanden als Folge des furchtbaren Strafgerichtes den Tod. Auch Veit Gerolstein konnte diesem Schicksal nicht entgehen.

Die Vorwürfe gegen ihn lauteten auf Verrat gegen die Vertreter

des Rates der Stadt Salzburg, da er beabsichtigt habe, diese zu ermorden, falls sie sich vom Papst abwendeten. Anstiftung zum Aufruhr fehlte nicht, ebenso die Anklage, ein Bündnis mit dem Teufel eingegangen zu sein.
Ein Bündnis mit dem Teufel war immer ein lohnender Vorwurf. Derartige Anklagen waren ein Publikumsmagnet.
Unter den fortgesetzten Qualen der Folter gestand er diese Verfehlungen schließlich ein, sodass ihm formell der Prozess gemacht werden konnte. Schuldspruch und Verurteilung zum Tode ließen nicht lange auf sich warten. Am 17. September 1731 fand auf dem Marktplatz auf bestialische Weise die Hinrichtung statt.
Ein Gottesdienst leitete das blutige Spektakel ein. Auf einem Holzgerüst wurde der Verurteilte der Menge vorgeführt und die Spuren der Folter waren deutlich wahrnehmbar. Zunächst wurden Veit Gerolstein wegen angeblichen Meineides nach alter Sitte die Schwurfinger der rechten Hand abgehauen. Dann wurde er mit glühenden Zangen gezwickt und entmannt. Immer wieder fiel das Opfer in Ohnmacht, jedoch wartete man mit dem brutalen Vorgehen, bis er wieder bei Bewusstsein war. Unter Gebet und Gesang versuchte Veit Gerolstein, die Qualen zu überstehen. Am Ende wurden ihm vom Henker Bauch und Brust aufgeschnitten, die Eingeweide herausgetrennt und buchstäblich das Herz aus dem Leibe gerissen. Bis zum letzten Moment war der Unglückliche bei Bewusstsein.
Nach dem Tode verbrannte man die Eingeweide an Ort und Stelle. Daraufhin hat man den Körper enthauptet und geviertelt. Der Kopf wurde auf einer eisernen Stange vor das Michaelistor gesteckt, die übrigen vier Teile in eisernen Körben an

den vier Ecken der Stadtmauer aufgehängt.
Elisabeth musste sich angesichts dieser Grausamkeiten mehrmals übergeben, wurde jedoch durch die Stadtwachen am Verlassen des Platzes gehindert. Die Schreie des Gefolterten waren zum Teil so markerschütternd, dass die Menge wie gebannt auf das Schafott blickte, bis auch manch anderer Zuschauer sich von Übelkeit geschüttelt abwandte.
Viele Bürger fragten sich, wie ein solches Spektakel von der Seite der Mächtigen in der katholischen Kirche überhaupt angeordnet werden konnte. Die Ungerechtigkeit schrie doch zum Himmel. Wie hat Bischof Firmian sich vorgestellt, dereinst im Himmel vor seinem Richter zu stehen? Als ein gerechter Verteidiger des Glaubens oder als ein überaus gefährlicher Spinner?
In Gottes Namen gemachte Verbrechen werden in keinem Fall von ihm gutgeheißen.
Davon war Friedrich Voutat, der jüngste Sohn von Johann und Elisabeth überzeugt. Er hatte noch einen Bruder. Jakub war fünf Jahre älter als er. Seine beiden Schwestern waren in jungen Jahren an einer heimtückischen Erkrankung verstorben. Im Jahr 1701 wütete ein unerklärlicher, aber schlimmer Husten in Salzburg. Viele Kinder starben. Friedrich war nun zweiundzwanzig Jahre alt und ein Reformierter mit glühenden Überzeugungen. Das war durchaus gefährlich und seine Eltern hatten inzwischen, mit fünfundfünfzig und sechzig Jahren keine positiven Gefühle bei dem Gedanken Salzburg zu verlassen.
In dieser Zeit der Angst war es nicht verwunderlich, dass Erzbischof Firmian am 31. Oktober 1731 das Salzburger Emigrationsedikt, das die Grundlage zum Beginn der Vertreibung der

Evangelischen aus dem Erzbistum Salzburg legte, jetzt verkündete.

Die Zeit wurde knapp. Der Fürstbischof ließ keine Ausnahmen zu, zog das Vermögen der Exilanten ein und setzte ihnen eine enge Frist von einigen Tagen.

Panik brach aus. Firmian ließ das Gerücht verbreiten, dass die Eltern ihre Kinder zurücklassen mussten, um die Ausreise zu beschleunigen. Die Panik vergrößerte sich. Die Familien, welche sich zur Ausreise bereitgefunden hatten, wollten ihre Kinder nicht zurücklassen, packten in völliger Überstürzung einige Dinge zusammen und flohen erneut wie seinerzeit aus Frankreich, Hals über Kopf bei Nacht über die Grenze.

Dieses Mal war ihr Ziel Berlin. In Brandenburg – Preußen waren Einwanderer willkommen.

Gumbinnen

In Preußen war seit 1713 Friedrich Wilhelm I. König und als Nachfolger seines Vaters, dem „Großen Kurfürst" auch von Brandenburg. Sein Leben war eine Aneinanderreihung von Widersprüchen. Er war gleichsam geizig und spendabel, weitblickend und engstirnig, albern und ernst.
Als Kind entwickelte er frühzeitig Geschäftsmäßigkeit, bekam von seinem Vater mit zehn Jahren ein Landgut geschenkt, welches er selbstständig bewirtschaften durfte. Er konnte mangelhaft lesen und schreiben, sprach als weitere Sprache Französisch. An seiner Erziehung war maßgeblich ein Pastor der Hugenotten, Jean Philippe Rebeur beteiligt. Er machte aus dem König einen überzeugten Calvinisten. Als König von Brandenburg - Preußen führte er die Schulpflicht ein. Allerdings nur auf den königlichen Domänengütern und stellte ein ständiges Heer auf. Er bevorzugte hierbei die großen, Langen Kerls.
Politischer Einfluss, eine Armee, um diesem Nachdruck zu verleihen und den Wunsch, Ostpreußen nach der Pestepidemie menschlich wieder aufzuforsten, veranlassten ihn, einen Anwerber nach Salzburg zu schicken und schließlich zum Erlass des Einwanderungspatents am 2. Februar 1732, mit dem er etwa fünfzehntausend verfolgte Salzburger Protestanten in Preußen aufnahm. Dieses fand europaweite Beachtung und kam für die Familie Voutat in allerletzter Sekunde.
Es sollte jedoch auch für ihn ein gutes Geschäft sein. Politisch geschickt setzte er den Fürstbischof Firmian unter Druck und zwang ihn zur Leistung einer hohen Geldsumme als

Entschädigung, die dieser allerdings wiederum aus dem beschlagnahmten Vermögen der Hugenotten nahm.

So verließen vom Mai bis August viele Zuge mit Handwerker- und Bauernfamilien das Fürsterzbistum Salzburg, um zusammen nach Preußen zu ziehen. Da sie bereits als preußische Untertanen galten, war ihre Einreise einfacher als die der fünftausend Mägde und Knechte im Jahr zuvor. Sie trafen am 28. Mai nicht nur aus Salzburg, sondern auch über andere Wege, dann schließlich aus Stettin mit 66 Schiffen in Königsberg ein. Die Landtransporte kamen ab dem 6. August an. Die meisten von ihnen siedelten sich in dem Gebiet um Gumbinnen an, das von der großen Pest der Jahre 1709 bis 1711 noch vollständig entvölkert war. Mittellose Bauern erhielten ein Stück Land und die Handwerker konnten in den Städten arbeiten.

Friedrich, Jakub und die Eltern Elisabeth und Johann bezogen ein Haus in Gumbinnen, direkt am Marktplatz, in dem sie eine Schusterwerkstatt einrichteten. Die Zunftpflicht wurde in deutschen Landen zwar im Jahr 1731 im Augsburger Reichsschluss verschärft, allerdings genossen „seine Calvinisten" in Preußen einige Sonderrechte. Handwerker konnten sich frei niederlassen und ihrem Broterwerb nachgehen, sie erhalten Steuerfreiheit und können sich selbst verwalten.

Dennoch war das Leben der Familie Voutta in Gumbinnen keineswegs eitel Sonnenschein.

Neben der Schuhmacherei hatten die beiden Söhne das traditionelle Handwerk des Strumpfwirkens erlernt und nach alten Bauplänen zwei Webstühle mit der komplizierten Mechanik bauen können. Im wiederbelebten Gumbinnen zahlte sich ein vielfältiger Betrieb für Schuhe und Strümpfe aus. Die Strümpfe waren zwar ein Luxusgut, jedoch konnten sich immer mehr Neubürger im Laufe der Zeit solche leisten.

1739 starb Elisabeth und im Jahr darauf Johann.

Friedrich führte die Geschäfte fort. Er hatte vom Vater gelernt, ein akzeptierter Schuhmacher zu werden. Er heiratete am 31. Juli 1740 Étienne Duboeuf. Sie hatte gerade den neunzehnten Geburtstag begangen. Ihre Eltern waren aus Salzburg zugereist, ein Jahr nachdem die Familie Voutta angekommen war. Zwölf Geschwister hatte sie, zwei waren auf der langen Wanderung verstorben. Die Eltern waren glücklich, ihre Tochter gut verheiratet zu wissen.

Étienne bediente den Webstuhl und färbte die Strümpfe, während Friedrich Schuhe fertigte. Tagein, tagaus wurde im Haus gearbeitet. Arbeit war im calvinistischen Haushalt der Vouttas ein hohes Gut. Arbeit und Gottesfurcht.

Dass die Arbeit an den Strumpfwirkerstühlen in hohem Maße ungesund ist, war schon früh aufgefallen. Das Zählen der Reihen ist monoton, beim gleichmäßigen Treten des Rösschens muss mit jedem Fuß ein schweres Gegengewicht bewegt werden. Der umherfliegende Baumwollstaub verklebt die Augen, Kälte und Feuchtigkeit verursachen dicke Beine und Geschwüre, das lange Sitzen Verdauungsstörungen. Étienne färbte und bleichte die weißen Baumwollstrümpfe mit Schwefelsäure, Pottasche und Kalk.

In den Strumpfwirker Stuben paarte sich, in unheilvoller Weise, das religiöse Arbeitsethos der Hugenotten, mit den Zwängen eines unregulierten Marktes. Immer öfter wird neues Wissen in Erfindungen praktisch nutzbar gemacht. Noch zu Beginn des 17. Jahrhunderts war der Strumpfwirkerstuhl, den die

Hugenotten mitgebracht hatten, eine technische Sensation. Die Entwicklung bleibt aber nicht stehen. Ständig werden Verbesserungen an den Stühlen gemacht, sie produzieren immer schneller, leichter, in verschiedenen Formen und Mustern, Strümpfe aller Art in England, aber auch in Leipzig und Königsberg laufen solche neuen Stühle bereits mit Erfolg, Qualität und Preis machen so hergestellte Strümpfe konkurrenzlos. In Gumbinnen aber halten die Strumpfwirker am alten und bewährten fest, für sie sind ihre Stühle noch immer eine Erfolgsgeschichte. Alles soll bleiben, wie es ist. Nichts soll sich ändern und niemand soll die anderen überflügeln können. Den Wettbewerb untereinander wollen sie möglichst klein halten. Die Zunftfreiheit ein Privileg, das ihren Vorfahren einst verliehen wurde, geben sie selbst auf, sie einigen sich darauf, dass kein Meister mehr als drei Stühle besitzen darf. Durch Beharren auf Tradition verhindern die Hugenotten Karrieren und verbauen sich ihre Zukunft als Strumpfwirker. An der Tradition ihres Herkommens halten sie eisern fest. Für Étienne waren die drei Kinder, die sie bekommen würde und die harte Arbeit am Webstuhl, der Umgang mit giftigen Chemikalien ein Todesurteil. Sie starb nach zehn Jahren als Ehefrau von Friedrich im Jahre 1750. Krank und entkräftet. Mit ihr starb auch der Webstuhl, Strümpfe wurden nun nicht mehr hergestellt.

Dennoch normalisierte sich das Leben zunächst.

Im Jahr 1756 begann der siebenjährige Krieg. Bis 1763 litt die Bevölkerung elende Not. Es lässt sich durchaus als ein Weltkrieg bezeichnen. Die Großmächte Preußen, England, Russland, Frankreich und Österreich droschen aufeinander ein. Sie kämpften in Europa um die Vormacht und in Übersee oder

Asien um Kolonien. Russland besetzte Gumbinnen. Hinzu kamen verregnete Sommer und damit eine Lebensmittelknappheit. Die Bevölkerung dünnte in den Kriegsjahren mächtig aus. Preußen beklagte 300.000 Tote und verkrüppelte bei etwa drei Millionen Einwohnern. An jeder Feuerstelle einer.
Weitgehend privat beschäftigten die Menschen sich mit ihrer religiösen Überzeugung. Der preußische König Friedrich Wilhelm IV. verlangte deshalb die Zusammenlegung der protestantische, lutherischen Kirche mit jener der Calvinisten.
Die Vereinigung und Integration erfolgt jedoch nicht sofort. So reicht die reformierte Tradition und Treue zur Glaubensüberzeugung bis in die Jahre um 1840.
Es mangelt nicht an Kuriositäten.
Als damals in Gumbinnen der reformierte Prediger starb, schickte der König einen lutherischen Pfarrer.
Nach alter Tradition ging die Familie des Schuhmachers Voutta am Gründonnerstag zum Abendmahl. Entgegen der reformierten Lehre brannten die Altarkerzen. Johann Voutta und sein Schwager ließen die Abendmahlfeier ablaufen, dann schritten sie zu den Kerzen, löschten sie und gingen erst dann mit ihren Familien zur Abendmahlfeier. Sie wurden wegen Störung des Gottesdienstes von den verschiedenen Instanzen des Gerichts bestraft, gaben aber den Kampf für die Reinheit der reformierten Lehre niemals auf.

Gottes Dilemma

Häufig kreisen extreme Überzeugungen um existenzielle Themen wie die Stellung des Menschen in der Welt. Religionen liefern manchmal irrationale Erklärungen für genau diese Fragen. Bekannte Begleiterscheinungen von Religionen sind Selbstbestimmung versus Schicksal, Belohnung und Strafe, ein Selbstwertgefühl oder eine Bedeutung zu haben oder ein Nichts zu sein, Zugehörigkeit und Ausgrenzung, Leben und Tod, Diesseits und Jenseits, sichtbare und unsichtbare Welt. In diesen Bereichen bleiben die meisten Fragen offen und eine Religion soll bei der Klärung helfen.
Der Grat zum Wahn ist schmal. Auf seiner einen Seite ist die Überzeugung, das Richtige zu glauben, andererseits ist die Religion Geburtshelferin für religiöse Fantasien und Figuren wie Dämonen, Teufel oder Hexen. In der Welt der Menschen des 17. Und 18. Jahrhunderts durchaus von Bedeutung. Etwa fünfzigtausend, überwiegend Frauen, wurden als Hexen verbrannt. Bei der Mehrzahl geht es in den alltäglichen Verrichtungen doch weniger um existenzielle Fragen wie: „Woher komme ich, was ist der Sinn meines Lebens und warum lebe gerade ich auf diesem Planeten?"
Die meisten Menschen „glauben" einfach. Das Wort „Glaube" hat den Beigeschmack des völlig Spekulativen, Ungewissen, Unverlässlichen. Es bedeutet immer: "Ich nehme es an, ich vermute es, es könnte so sein, aber eigentlich weiß ich es nicht sicher".
Nun haben Religionsgemeinschaften den Glaubensbegriff für

sich vereinnahmt, eingeengt und verzerrt. Sie fordern von ihren Anhängern den festen Glauben an ihre Lehre und verurteilen jeden gesunden Zweifel. Und dies, obwohl sie groteskerweise die Grundfragen unseres Daseins überhaupt nicht schlüssig beantworten können.

Vielmehr bieten sie ein kirchliches Weltbild mit einem Himmel über uns und einer Hölle unter uns. Dazwischen liegt eine Scheibenwelt.

Bis zur Akzeptanz eines anderen mussten einige Menschen verbrannt werden. Lebendig!

Alles im Namen Gottes, alles für die Herrschenden, alles mit vielen gutgläubigen Menschen, von denen einer glaubte, er müsse die Altarkerzen löschen.